SARA JORDANI

LAÇOS
INVISÍVEIS

Copyright © 2022 de Sara Jordani
Todos os direitos desta edição reservados à Editora Labrador.

Coordenação editorial
Pamela Oliveira

Preparação de texto
Larissa Robbi Ribeiro

Assistência editorial
Leticia Oliveira

Revisão
Maurício Katayama

Projeto gráfico, diagramação e capa
Amanda Chagas

Imagem de miolo
Freepik

Dados Internacionais de Catalogação na Publicação (CIP)
Angélica Ilacqua CRB-8/7057

Jordani, Sara
  Laços invisíveis / Sara Jordani. – São Paulo : Labrador, 2022.
  160 p.

ISBN 978-65-5625-298-8

1. Ficção brasileira I. Título

22-6230   CDD B869.3

Índice para catálogo sistemático:
1. Literatura brasileira

Editora Labrador
Diretor editorial: Daniel Pinsky
Rua Dr. José Elias, 520 – Alto da Lapa
05083-030 – São Paulo – SP
+55 (11) 3641-7446
contato@editoralabrador.com.br
www.editoralabrador.com.br
facebook.com/editoralabrador
instagram.com/editoralabrador

A reprodução de qualquer parte desta obra é ilegal e configura uma apropriação indevida dos direitos intelectuais e patrimoniais da autora. A editora não é responsável pelo conteúdo deste livro.
Esta é uma obra de ficção.
Qualquer semelhança com nomes, pessoas, fatos ou situações da vida real será mera coincidência.

Maitri	*Bondade*
Karunã	*Compaixão*
Mudita	*Alegria*
Upekshanam	*Equanimidade*

Em sânscrito, **Yoga Sutra**

Tradução livre

Agradecimento

Érika Kotas, uma amizade que transpôs o correr do tempo e a distância geográfica. A profissional que se tornou, somada ao seu brilhantismo, sensibilidade e inteligência, me levaram a ser, para além de sua amiga, sua cliente.

Suas contribuições foram determinantes para a lapidação de cada livro publicado até aqui. Sou imensamente grata pelo seu comprometimento em revisar cada página com olhar de uma águia, enxergando para além do óbvio, o conhecimento contido nas entrelinhas.

Suas críticas construtivas, os insights compartilhados, todos os aspectos contemplados em sua revisão, me fizeram perceber o quanto ela estava envolvida com a obra. Seu cuidado minucioso, em que cada palavra importava... enfim, a importância que ela demonstrou em todo o processo ilustrou o valor da nossa relação e o seu valor como profissional.

Gratidão é a palavra da qual me aproprio para, nestas linhas, registrar o seu valor no meu trilhar como escritora. Gratidão pela sua existência, pela sua dedicação, por contribuir com a minha realização profissional, gratidão pela nossa amizade. Sou grata por você estar presente na minha jornada e por fazer parte da revisão desta obra.

Namastê!

Sumário

Começo e fim — 9

Calabouço — 12

Mortes prematuras — 16

Batidas na porta — 21

Inconformado — 25

Encontro — 30

Atenção ao perguntar — 38

Controle pessoal — 43

Centro de reabilitação — 47

Papo reto — 51

Percepções — 55

Conversas banais — 58

O pôr do sol — 61

O poder das afirmações — 63

Mudanças à vista — 74

Acessando o desconhecido — 76

Povo em pé — 78

A voz do deserto — 83

Império branco — 87

Travessia inesperada — 90

Zonas neutras — 95

O mundo subterrâneo — 105

Integrando vivências — 110

O retorno à minha cocriação ——————— 113
Face a face comigo ———————————— 119
Descobrindo o contato ————————— 125
Acessando fractais ——————————— 129
Assinatura energética ————————— 133
Um esbarrão revelador ————————— 135
Síndrome de Peter Pan ————————— 138
O grito da libertação ————————— 141
Juntos somos mais ——————————— 143
O revelar ———————————————— 145
Verdades que curam —————————— 153
Iluminou ————————————————— 155
Novos horizontes ——————————— 156

Começo e fim

A ganância foi a minha pior prisão. Enxergar o dinheiro como o bem maior da minha vida, e não como um caminho para obtenção de coisas, experiências, sonhos, bem-estar e saúde, me trouxe até aqui.

Desde muito jovem me escondi atrás do álcool. A bebida entrou na minha vida antes que o dinheiro. Aprendi a beber cedo, o meu pai era alcoólatra, então segui o mesmo caminho. Alcoólatras não assumidos, compartilhando por anos a mesma casa, porém nunca conseguimos compartilhar nossas vidas.

Meu primeiro emprego foi em um lava-rápido, eu tinha dezesseis anos. O pouco que eu recebia gastava com festas e álcool, mas não posso ser injusto comigo, fiz minha primeira aquisição, comprei uma bicicleta e a apelidei de Bolotona.

Na maioria das vezes, bebia até cair. O vômito nesses casos era recorrente, especialmente no início, enquanto ainda aprendia a beber. Eu usava o álcool para bloquear desejos proibidos. No final, até uma alergia desenvolvi; era o meu corpo indicando que estava saturado pelos meus excessos, cansado de toda a repressão a que o submetia. Mas isso não foi o suficiente para eu parar com a bebida.

Meu pai foi, ao mesmo tempo, minha fonte de raiva e admiração. É difícil admitir admirar alguém que sempre te tratou mal. Essa foi a história com o meu pai. Eu sentia muita raiva dele, não sei definir se a raiva maior era por causa da forma com que ele me tratava ou por eu ser tão parecido com ele. A verdade é que tudo que eu mais desejava era ser aceito. Só agora enxergo.

Sempre achei meu pai um carrasco, autoritário e avarento, um péssimo marido, e foi exatamente isso que eu me tornei, não de modo consciente; o meu inconsciente me levou a reproduzir o comportamento do homem que eu mais julguei em vida; é assim que o inconsciente funciona, nos leva a reproduzir o que julgamos.

A verdade é que hoje eu sei que não fiz nada de muito diferente e, pensando bem, acho que consegui em alguns aspectos ser pior do que ele. Pelo menos ele honrou a escolha dele até o fim, cuidou da família que constituiu, mesmo que eu discordasse da forma como ele cuidava de nós; eu, no entanto, abandonei as minhas escolhas pelo caminho.

Comecei a namorar jovem, tive relacionamentos longos, mas a traição era algo corriqueiro, fazia parte da minha realidade, outro traço familiar. Era impressionante como nada me satisfazia, nem sexo, nem bebida, nem mulheres e, no fim, nem o próprio dinheiro. Era tudo um enorme vazio.

E hoje, com quarenta anos, estou aqui aprisionado em meu próprio inferno. De fora do meu corpo consigo ver perfeitamente, estou ensanguentado, caído no chão; eu fui assassinado com nove tiros na cabeça. E, dessa forma brutal, começo a rever toda a minha história. É a partir do fim que começo a enxergar.

Me pergunto incansavelmente como foi que cheguei até aqui. Ainda não acredito, foi tudo tão rápido. Estava sentado na carroceria do meu carro com um conhecido ao meu lado, o som estava alto como de costume, minha arma guardada dentro da caminhonete.

O assassino chegou na traseira de uma moto e simplesmente atirou, descarregou o cartucho da arma em mim, eu só tive tempo de dar alguns passos desesperado tentando escapar. No entanto, os tiros atingiram minha cabeça, eu simplesmente caí ajoelhado em meu próprio sangue, meus lábios tocaram o chão segundos depois, imóvel, meu corpo desfalecido e eu vendo aquela cena completamente atordoado, vejo o assassino fugir, da mesma forma repentina que chegou, na traseira daquela moto. É difícil admitir, mas esse foi o meu fim, senti a temperatura do meu próprio sangue ao deixar o meu corpo físico. Um trágico fim para uma vida preenchida por muitos vazios.

Calabouço

Não sei exatamente onde estou, estou enfurecido, parece que estou prisioneiro; às vezes, minha mãe está aqui comigo, ela me acalma e ao mesmo tempo me fragiliza. Como eu fui tolo, eu poderia ter sido um filho melhor, e agora, quando a vejo, choro arrependido.

Aqui é um lugar apertado, parece um cômodo, todo branco, me falaram que estão me escondendo, há muitos querendo me achar. Não entendo exatamente o que está acontecendo. Me disseram que terei que aguardar. Foi a única vez que vi alguém, além da minha mãe. Um desconhecido se aproximou, informou isso e desapareceu em seguida. Voltei a ficar sozinho.

O que sei é que a angústia me consome e a ira me corrói, o ódio é transmitido pelos meus olhos. A cena não sai da minha cabeça. E, por falar em cabeça, sinto ela doer incessantemente. Não consigo definir se é por causa dos tiros ou por não conseguir parar de pensar.

Aqui dentro, tudo se repete como um *loop*, não tem fim. Sempre volto ao mesmo local. O som da arma disparando as balas, uma a uma, estourando minha cabeça. O assassino fugindo, eu imobilizado, tão chocado quanto as pessoas ao meu redor. Vendo e revendo o meu assassinato à queima-roupa.

Só a presença dela me tira dessa prisão mental de rever a cena milhões de vezes. Quando ela se aproxima, eu subitamente me acalmo. Todas as minhas perguntas deixam de existir no exato instante em que ela aparece. Mas é só ela se afastar que todas as perguntas inundam meu ser novamente, e neste momento não tenho mais para quem perguntar.

Alguns dias se passaram desde que eu cheguei. Não sei quanto tempo ainda irei ficar. Às vezes sinto tudo chacoalhar dentro e fora de mim, e em outros momentos ouço vozes, elas estão por toda parte. Não me alimento. Ainda é difícil aceitar que estou morto, será que estou morto? Mas eu vi, era eu, meu corpo caído, uma poça de sangue, sangue quente se espalhando naquela calçada, pessoas olhando atônitas, sem reação, o ruído da moto indo embora.

Uma parte minha está confusa e cansada e a outra enfurecida, sinto ódio e ira, eu quero me vingar. Sinto meu sangue ferver, se é que isso é possível. Quero muito dar o troco, mas não tenho forças, além disso, estou preso nesse quarto. Essas vozes, essas paredes, as imagens, tudo transbordando em mim. Estou enlouquecendo. Eu suplico, alguém me tire daqui.

Minha mãe aparece outra vez, o olhar dela me hipnotiza, neste momento fico completamente absorto, cenas do passado me atravessam. Por que fiz tantas escolhas erradas? Tudo poderia ter sido diferente ou será que era esse o meu destino? E o que é mesmo destino? Eu admito que nunca fui atrás dessas coisas. E agora é isso? Além de morto, estou louco. Como isso é possível?

O que eu mais quero saber é como eu saio daqui. Quando isso acaba? Eu quero voltar. Eu exijo voltar. Seja lá quem for, parem com essa palhaçada. Quem está por trás disso tudo? Por que paraliso quando ela chega? Choro até soluçar. Volto a ser uma criancinha que só quer o colo de sua mãe.

Eu sei, eu não acreditava que ela partiria, segui vivendo minha vida como se nada estivesse acontecendo, eu não enxergava. Ela doente, tomando remédios, anêmica, fraca, indo a médicos, passando por consultas, sendo internada. Eu cego estava. Seguia com as noitadas. Foi tão rápido, ou será que ela sofreu em silêncio e eu não notei? Nem sei quanto tempo ela passou de um hospital a outro. Não sei nem sequer por quantos hospitais ela passou. O que sei é que não me despedi apropriadamente antes de ela viajar, eu não sabia que seria a última vez que a veria, antes de me deparar com ela dentro de um caixão.

Aquelas balas me atingiram como o remorso ao reencontrá-la, em cheio. Fui inundado por uma espécie de clareza, além do remorso. De repente, enxergo o quanto eu poderia ter feito que não fiz. Ela sempre com aquele olhar terno, sorrindo ao se aproximar, eu atolado nas minhas amarguras, ocupado com tolices, dando prioridade ao que nunca deveria ter sido prioridade.

— Como é que cheguei aqui? De um menino travesso e brincalhão a um homem ganancioso e perturbado, como isso foi possível? Por que eu desperdicei a minha vida?

Não sei que horas são nem quantos dias passaram. Esse branco das paredes está me incomodando. Revezo entre momentos em pé e deitado em uma pequena cama, presente no canto desse quarto. Percebi que, quando a aflição é demasiada, a presença dela se manifesta. Ela aparece dentro do meu quarto, não sei como acontece. Simplesmente a vejo em minha frente.

Ao vê-la, relembro que ela me protegeu tantas vezes, mesmo quando eu não deveria ter sido protegido. Mas, por ser uma mãe amorosa, era o que costumeiramente fazia. Apanhei muitas vezes, merecidamente. Sumia após o almoço e só retornava no fim da tarde, não falava aonde ia, apenas ia. As companhias não eram das melhores, mas eu as chamava de amigos.

A chegada em casa era marcada por varadas com galhos de amora nas pernas quando eu entrava no banheiro para tomar banho; acho que doía mais nela do que em mim. Devia ser uma estratégia para que o meu pai não o fizesse. Ela media a força das varadas, ele, com certeza, não mediria. Lá pela quarta ou quinta aparição, foi a primeira vez que consegui dizer algo além da palavra mãe. Foi quando notei que não falava com a boca, a comunicação se dava por nossos pensamentos; estranho isso.

— Eu sinto sua falta, mãe. Por favor, me perdoe.

Eu pedindo por favor? Isso não acontecia na vida real. Que louco, precisei perder tudo para reconhecer a importância de um "por favor". "Me perdoe", então, nunca foi dito por mim. Eu sempre fui o dono da razão. E agora estou aqui completamente fragilizado diante dela.

— Filho, eu sempre estive com você — diz ela com ternura. — Eu nunca te abandonei. Não tenho que te perdoar de nada. Agora está tudo bem — afirma ela, olhando fixamente para mim, com aquele conhecido olhar carregado de amor.

Muito choro veio em seguida. Eu chorei desconsoladamente no colo dela. As lágrimas vinham das profundezas da minha alma. Não sei o que doía mais, minha cabeça ou o meu coração. Perdi a noção de tempo. Acordei, estava deitado na cama, sozinho novamente.

Mortes prematuras

O rapaz da moto se aproximou tão rápido e de forma tão ameaçadora que não consegui identificar quem era. Estava de capacete, meu instinto primário foi correr, fugir. E antagonicamente a arma, que carreguei comigo durante os últimos anos, não serviu para me defender. Não tive tempo de usá-la em minha defesa. Mas, pensando agora, o que faria? Mataria antes de ser morto? Viveria carregando uma morte em minha consciência? Não sei dizer qual fim seria pior. Viver carregando uma morte ou estar morto carregando meus remorsos.

Pensando bem, mataria esse e outros viriam? Frutos de uma vida de conflitos, ameaças e relacionamentos desnecessários. Eu estava jurado de morte, eu sabia. Só não sabia por quem seria. O que sei é que ainda sinto raiva. Cercearam a minha vida. Como fui tolo. Recebi inúmeras ameaças. Eu sabia que não deveria estar ali. Demorei para me mudar de cidade. Poderia simplesmente ter ido embora. Não era lá o local onde eu queria morar mesmo, nunca foi. Negligenciei minha própria vida; ou, como dizem: dei sopa ao azar.

São tantos possíveis culpados, por qual devo começar? Pessoas que me deviam, pessoas que cobiçavam meu patrimônio, pessoas que não gostavam de mim, pessoas que fingiam que gostavam de mim, pessoas que, por conveniência, era melhor me ter morto. Pessoas que me consideravam um risco. Ah… esqueci de mencionar, eu agiotava. Perdi muita grana nos últimos anos da minha vida. No entanto, o dinheiro foi o elemento de menor valor, considerando tudo que perdi.

Eu troquei minhas amizades ao longo do caminho. As verdadeiras, deixei no passado, não conseguia lidar com a verdade, com a verdade sobre mim, sobre quem eu havia me tornado. Então, me cerquei de sanguessugas, bajuladores, interesseiros; estes, além de beberem e festarem comigo, não ousavam falar a verdade sobre minhas atitudes e comportamentos nocivos, apenas concordavam com minhas ambições malucas e descabidas. Amizades perfeitas para um egocêntrico.

Constatei que eu estava cercado por pessoas que vibravam exatamente na mesma frequência que eu. Mas, quando estava aí, eu não fazia ideia de que tudo na existência humana está relacionado a ressonância. Atraímos o que vibramos. Esse foi um aprendizado valioso, embora tardio.

Em geral, eu me achava o sabichão, o dono da razão. Encrenqueiro, engrossava a voz na primeira oportunidade, ameaçava, brigava, mostrava minha arma. Eu estava tentando reproduzir na minha vida o respeito que as pessoas tinham pela figura naturalmente imponente do meu pai. Por diversas vezes, coloquei pessoas que eu amava em perigo devido a minha estupidez.

— E agora me pergunto quem são os principais suspeitos. Quem tirou a minha vida? Quem pagou pela minha morte? Pagaram pela minha morte? Minha mente está fritando, e eu não consigo encontrar uma resposta sequer.

Tantos anos de encrenca e confusão. Foi só eu tomar posse da minha parte da herança para sobressair o pior de mim. O dinheiro não transforma as pessoas, ele apenas traz à tona o que elas guardam em sua essência. O dinheiro potencializa o que verdadeiramente somos. Foi o que aconteceu comigo. Eu guardava ira e revolta.

Eu condenava tanto o comportamento do meu pai que o ódio me levou a desperdiçar cada centavo que herdei dele.

Nunca consegui ter prosperidade financeira. Em geral, meus negócios sempre davam errado. Eu só perdia ao invés de ganhar, mas eu não percebia.

Vivi uma infância e uma adolescência com tudo e com nada ao mesmo tempo. Meu pai era rico comparado aos que nos rodeavam, mas vivíamos com o mínimo necessário, tudo era regrado, para falar a verdade, vivíamos como se fôssemos pobres, isso me revoltava.

Eu queria ser o filho do dono da fazenda, e ele me tratava com um dos seus empregados. Roçar o pasto debaixo do sol quente ou fazer cerca eram as únicas atividades reservadas para mim na propriedade. Isso me indignava ao mesmo tempo que me frustrava. Nunca me senti amado por ele. Na verdade, eu sentia como se fosse odiado pelo meu próprio pai. Eu nunca consegui digerir isso, e acabei destruindo minha vida devido à rejeição que sentia.

Eu completei dezoito anos e não ganhei uma moto, muito menos um carro, nem sequer os parabéns recebi. Andava de bicicleta porque eu tinha comprado juntando alguns salários. Não pude, inclusive, gozar da vida como meu corpo desejava; a estrutura social no qual estava inserido era machista demais para isso. Tempos difíceis aqueles do final da infância e início da adolescência.

Desentendimentos homéricos alimentavam minha relação com meu pai. Eu não o queria como pai, ele não me queria como filho. Mas o que fazer se o mesmo sangue corria em nossas veias, e se eu não tinha forças para deixar aquela casa ou romper com aquela relação abusiva? Eu necessitava do meu pai. Autoritário e intolerante, ainda assim, eu precisava dele perto de mim. Ele era a minha referência mais importante.

Eu era o único filho homem, no entanto, nunca fui visto como tal. Para mim, apenas brigas e cobranças. Não era preciso muito para saber que eu nunca seria o preferido naquela casa. Minha mãe dizia que era assim mesmo, era o jeito dele, ele reproduzia o que tinha recebido do pai dele. Era tudo que ele sabia dar. Eu devia amá-lo, afinal de contas, ele era o pai certo para mim. Eu sinceramente nunca entendi isso. E aquele discurso apenas aumentava meu rancor.

Os anos passaram, nossa relação ficou insustentável, no final da minha adolescência não nos falávamos mais. Quando minha mãe morreu, eu já morava na casa dos fundos do quintal, só entrava em casa quando ele estava no quarto dele. Sentia que ele não me amava e minha presença o incomodava. Era como se eu vivesse ali de favor, sendo agredido por palavras todas as vezes que nos cruzávamos pela casa.

Para ele, eu era um alguém que não tinha dado conta da própria vida. O filho passava dos vinte e poucos anos e ainda morava em sua casa, mesmo tendo terminado a faculdade paga por ele, de certa maneira — ou melhor, em muitas maneiras —, ainda dependia da ajuda financeira do pai. Isso era motivo de vergonha para aquele homem que adquiriu sua independência tão cedo, bem longe de seus pais.

Eu acho que, em grande parte da minha vida, também acreditei nisso, não dei conta da minha própria existência. E possivelmente tudo o que eu mais precisava — sem, contudo, saber que era o que eu precisava, para quem sabe ter forças para, dessa forma, dar conta da minha própria vida — era um afago, um simples gesto de carinho, daquela figura fria e distante, a qual fui ensinado a chamar de pai.

Eu fui a vergonha dele e ele foi parte do meu desassossego. Ele tão forte, eu tão fraco. É difícil assumir, mas eu o admirava. Eu queria ter sido como ele, uma figura imponente, que todos temiam e respeitavam, mais temiam que respeitavam, mas, enfim, essa foi a história dele. E na tentativa de imitá-lo, em alguma medida, ser como ele, tornei-me um grande encrenqueiro que arrumava confusão para chamar atenção. Me tornei o cão que ladrava e, por não morder, acabei sendo mordido. A história era prevista, somente eu, cego, não enxergava o que estava na iminência de acontecer: o meu assassinato.

Meu pai era um pioneiro, eu me tornei um herdeiro. Ele morreu jovem, e eu mais jovem ainda. Maldições dessa família. Três gerações de homens enterrados juntos. Ele, com sessenta anos; eu, com quarenta, e meu primogênito com apenas nove dias. Nove, o número de balas alojadas na minha cabeça. Nove, o número que representa o fim de um ciclo. Ciclo curto e trágico para os homens dessa família.

Batidas na porta

Algumas vezes bateram à minha porta, eram pessoas me ameaçando. Inúmeras vezes tive que me esconder. Minha ex-mulher foi ameaçada, carregando meu filho ainda no ventre. Filho este que nasceu eu estando longe, me escondendo das ameaças contra minha vida. Como está claro, minha vida era uma verdadeira teia de confusões. Olha o que eu construí para mim. Uma vida mesquinha, cercada de medo e amizades sanguessugas, geralmente maltratando quem eu chamava de amor.

Ouço batidas. Dessa vez, não sabia o que esperar, afinal de contas, estou morto, e não faço ideia de onde estou. Respeitando meus instintos, decido perguntar.

— Quem é? — como se fosse fazer alguma diferença. Me senti um bobo fazendo essa pergunta.

E uma voz responde:

— Um amigo. Deixe-me entrar.

Não tinha maçaneta em lugar algum, nada que se assemelhasse com uma porta, janela ou qualquer coisa que remetesse a uma entrada naquele quarto. Me senti confuso.

— Como vou abrir? — pergunto.

— Dando permissão em seu pensamento, dessa forma, poderei entrar — responde o estranho.

Eu nunca tinha escutado aquilo. Que informação esquisita. Eu estava tão cansado que nem consegui questionar o que ouvi. Então entre, penso.

E a pessoa se materializa bem na minha frente. Eu me assusto.

— Agradeço por me permitir entrar — diz aquele estranho.
Eu estou confuso, por isso decido me sentar na cama. São tantas perguntas que eu nem sei por onde começar. Dessa forma, decido primeiramente escutar.
— Permita-me apresentar-me, sou Centurião Centauri. Eu sou um dos que fazem a sua guarda. Providenciamos esse esconderijo para protegê-lo. Muitos buscam por você, mas, por intercessão terrena, você foi rapidamente resgatado após seu assassinato por nossa equipe de resgate e colocado aqui — diz o estranho, alto e com aparência de soldado.
— Não estou entendendo, qual o propósito disso, me protegendo de quem se eu estou morto? — eu digo irritado em meio a minha confusão mental.
— Seu corpo físico morreu de forma trágica e violenta, você sabe disso. No entanto, seu espírito vive. Para além do corpo, você é uma consciência. Mantivemos você aqui isolado, como eu disse, porque pessoas que o amavam na Terra clamaram por um resgate, no exato momento em que souberam da sua morte. E respeitando seu histórico de alma, suas escolhas e decisões, esse lugar foi o melhor que conseguimos fazer por você.
— Eu quero vingança — eu digo irritado ao lembrar da minha morte. — Preciso voltar e acabar com quem tirou a minha vida. — A cada palavra dita, sinto minha cabeça maior, como se estivesse se dilatando.
— Sinto muito, nisso eu não posso te ajudar. Mas tem algo que você pode fazer por si mesmo: agradecer a todas as pessoas que te possibilitaram estar aqui protegido durante todo esse tempo — diz o homem com semblante sério e porte atlético.

— Como assim, não faz tanto tempo que estou aqui. Ou faz? — pergunto intrigado.

— Em tempos humanos, passou quase um ano — revela ele.

Me espanto com a resposta.

— Como isso é possível? Tenho a impressão de que não passaram mais que semanas — digo.

— Aqui o tempo tem o seu próprio tempo, como dizem, e o tempo nesta dimensão é diferente do tempo da dimensão que você conhecia. E esse foi o tempo mínimo requerido para limpar parte da carga emocional presente em seus corpos sutis. O ódio, a ira, a raiva, a indignação, a mágoa, o rancor, todos esses sentimentos o mantiveram aqui por esse período, estivemos ocupados por todo esse tempo dissolvendo sua carga emocional. Além do estrago no seu campo mental, com essas balas alojadas na sua cabeça. O estrago foi imenso — diz o Centurião.

— Presentes em meus corpos? Como assim? Do que você está falando? Achei que eu tivesse apenas um corpo, e que está morto, por sinal — respondo irritado.

Esta conversa está me deixando atordoado, não entendo nada.

— Há muito o que aprender do lado de cá — responde ele. — E, sim, você tem vários corpos. Mas isso será explicado em outro momento. Minha função aqui é informar que, a partir de agora, depende de você ser conduzido a outro local, caso tenha interesse em sair daqui.

— Depende de mim? Vocês me aprisionam por quase um ano neste quarto sem porta e sem janela, e agora você aparece como uma assombração na minha frente, dizendo que depende de mim sair daqui? Como isso é possível? Você só pode estar de brincadeira — respondo.

— Eu entendo que esteja atordoado, muita coisa aconteceu, é difícil processar tudo de uma vez. Mas te peço, preste atenção no que é dito. Chegou o momento de exercer a gratidão pelas pessoas que, através de suas súplicas, o mantiveram resguardado de forças contrárias à luz — acrescenta ele.

— Supondo que eu considere fazer isso, como farei se eu estou morto? — pergunto intrigado.

— Da mesma forma que se comunica comigo, através do seu pensamento. Pense nas pessoas que o amavam e, uma a uma, sentirá em seu coração o quanto elas contribuíram para o seu resgate. Emane gratidão, apenas isso — responde calmamente ele.

— Mas eu quero sair logo daqui. Eu não aguento mais — digo em forma de desabafo.

Ele olha dentro dos meus olhos e, com um semblante bem sério, me diz:

— Eu também não vejo a hora de partir.

— Não entendi, o que você quer dizer?

— Infelizmente, em alguma medida, sua libertação também é a minha — retruca o homem.

E, dizendo isso, desaparece, sem que eu possa compreender o que ele dizia.

Inconformado

Quase um ano aqui, não dá para acreditar. Será que eu dormi tanto assim? Fiquei preso dentro dos meus pensamentos, revendo, revivendo, revisitando a cena da minha morte, memórias da infância e da adolescência, a relação conflituosa com meu pai, o remorso com relação a minha mãe, a morte prematura do meu filho. Sentimentos pesados, negativos e conflituosos abastecem o meu ser.

E quem é esse homem? Não me pareceu muito confiável. Não confio em quem fala coisas que eu não entendo. Está querendo que eu me sinta um idiota, é isso que ele quer. Não vou cair na dele. Quem ele pensa que é?

Ser grato. Grato uma ova! Em toda a minha vida, minha mãe foi a única pessoa que verdadeiramente me amou, e ela está morta há muito tempo. Esse Zé Mané não sabe o que está dizendo. Eu quero me vingar dos culpados. Eu quero o meu dinheiro de volta. Não vou ficar perdendo meu tempo preso aqui. E a história de que minha libertação está relacionada com a dele, de onde tirou isso? Deve ser um louco qualquer.

— Ei, você, o tal Centurião! Eu quero sair daqui. Me tira daqui, estou mandando — começo a gritar, desesperado, batendo naquelas paredes, imaginando que ele estava me escutando. — Eu quero me vingar de quem tirou a minha vida. Eu preciso encontrar o assassino e quem pagou pela minha morte. Eu quero fazê-los pagar por todo o meu sofrimento. Me deixe ir embora agora. Eu estou cansado disso tudo — enfatizo minha dor.

Sento-me por um minuto, desconsolado, na cama. Mas não descanso. O único pensamento é que quero sair daqui. Eu preciso encontrar uma forma de atravessar essas paredes e fugir deste lugar. Se ele saiu daqui, eu também consigo. O que devo fazer? Pensa... pensa... Usa sua cabeça para encontrar uma saída.

Continuo batendo desesperadamente nas paredes, grito incontrolavelmente, meu desejo é sair desta prisão. Estou exausto, encosto em um dos cantos, sinto a raiva dominando meu corpo e meu sangue ferver. Não gosto de que digam o que eu devo fazer. Isso me deixa irritado.

— Não sou capacho de ninguém. Ora... ninguém manda em mim. Me dou conta que pensei assim a vida toda.

Começo a indagar quem é o homem que apareceu; foi a primeira vez que eu o vi. Ele parecia calmo, mas era sério. A presença dele me deixou esquisito. Falou muitas coisas estranhas. Corpos... como era mesmo o nome? E a história da gratidão, que baboseira. Ninguém está nem aí para mim, só queriam o meu dinheiro.

Minha cabeça está fervendo, dói na maior parte do tempo. Pensamentos e questionamentos cortam minha mente. Não consigo parar de pensar. Tudo isso é estranho, eu não como, não sinto fome, não preciso usar o banheiro. Converso por pensamento. O que será que realmente está acontecendo comigo? Não pode ser um sonho. Na verdade, está mais parecido com um pesadelo.

Eu quero minha mãe. Só ela consegue me acalmar. Vou perguntar para ela como saio daqui. Ela vai me dizer. Preciso voltar, recuperar o meu dinheiro. Não vou deixar que eles roubem o que é meu. Eles devem estar zombando de mim agora. Mas logo eu vou fazê-los pagar pelo que fizeram comigo.

Passo o dia caminhando pelo quarto, de um lado a outro, arquitetando maneiras de me vingar. Não sinto frio ou calor, apenas desejo descobrir quem são os culpados. É a primeira vez que percebo que sou refém dos meus pensamentos; em um lampejo de consciência, me ocorre que talvez sejam eles a minha principal prisão, e não aquele quarto. Ainda assim, não consigo parar de pensar. É tudo novo para mim. Brigando comigo mesmo, não consigo descansar, está tudo completamente desalinhado em mim. Me pergunto o que fazer para alterar essa realidade e, concentrado nisso, pego no sono.

Acordo me sentindo estranho. A pergunta que fiz antes de dormir agora predomina em meus pensamentos: como posso alterar minha realidade? A angústia ainda está presente, posso sentir a revolta nas minhas entranhas, mas algo está diferente. Repito e repito em meus pensamentos: como posso alterar minha realidade? Outros pensamentos ainda me atravessam, mas vejo que predomina a pergunta: como posso alterar minha realidade? Alimento esse questionamento em mim: como posso alterar minha realidade? Não sei por que faço isso, mas me sinto melhor agora do que antes.

Durmo e acordo, os dias passam, não sei quanto tempo exatamente passou, e sigo preenchendo minha mente com a mesma pergunta. Em alguma medida isso me traz paz... Bem, não exatamente, eu já nem lembro como é sentir-me assim, não me recordo a última vez que a senti, o fato é que estou melhor do que quando estava com pensamentos fixos em vingança, raiva e ira.

Estou desejoso de mudar a minha realidade. Acho que finalmente estou acordando de um estado de letargia que vivi por décadas ou talvez minha vida inteira. Eu nunca consegui estar em minha própria companhia, era horrível se eu tivesse que passar poucas horas sozinho. Era um verdadeiro martírio.

Eu sentia um tormento gigantesco, angústia misturada com agonia e vozes em minha cabeça. Eu não sabia o que fazer, por isso bebia. Bebia para dormir, bebia para ficar acordado, bebia para curar a tristeza, bebia para relaxar, bebia para não enxergar minha vida vazia. Bebia para não enxergar quem eu me tornei.

Sempre tive dificuldades em expressar meus sentimentos; a fala geralmente não saía e, quando saía, era seca, ríspida. E lembrar que eu era tão diferente quando adolescente. Eu ria fácil, era brincalhão, divertido, arteiro, alguém amigável. Muito mudou com o desenrolar da vida. A apatia tomou conta de mim e eu nem percebi. Me distanciei dos que verdadeiramente me amavam. Eu não sentia que me amavam, eu sequer era capaz de receber gestos de carinho. Eu estava congelado emocionalmente, um verdadeiro bloco de gelo, insensível.

Vivia na defensiva, como se eu fosse ser atacado a qualquer instante. Acreditava que todos queriam me passar a perna, me roubar, trapacear... Pensando bem, agora com um pouco de clareza, percebo que isso era o meu pai em mim, era ele quem acreditava nisso, da mesma forma ele viveu uma vida desconfiando de tudo e todos. É muito triste viver uma vida assim.

Eu estava sempre em festas, celebrações, rodeados por muitos, mas ninguém preenchia o buraco existencial que só alargava em mim. Sozinho na multidão. Foi assim minha vida adulta inteira, condenando as mulheres que dormiam comigo por não serem o suficiente. Agora percebo que não eram elas, o vazio era meu, portanto, ninguém nunca poderia preenchê-lo.

Deixo meus pensamentos de lado, me deito exausto; em meu coração um fio de esperança surge, vontade de viver uma nova realidade. Balbuciando de modo quase inaudível, segundos antes de pegar no sono, digo para mim mesmo: como faço para alterar a minha realidade? E, dessa forma, durmo profundamente outra vez.

Não sei quanto tempo dormi, mas ao abrir os olhos percebo que estou em pé, roupas limpas cobrem meu corpo. Simultaneamente, vejo um jovem caminhando em minha direção, não estou mais no quarto, noto o gramado à minha volta, um vento agradável toca meu rosto, respiro profundamente, partes minhas estão aliviadas, no entanto, outras indagam: como vim parar aqui? Permaneço parado. Não sei definir se estou assustado ou feliz. O jovem se aproxima, cabeça erguida, passos firmes, o olhar fixo em mim. Tenho a impressão de que o conheço. Será? Mas de onde? Não me recordo de imediato, apesar de senti-lo familiar.

Ele está a poucos metros de mim, sinto um repentino aperto no peito. Estranho. Minhas pernas ficam bambas, vejo que ele tem luz no olhar. Na verdade, parece que ele resplandece luz por todo o corpo, tem algo brilhante ao redor dele. Eu nunca vi nada parecido. Me impressionou. Não sei o que pensar. Permaneço paralisado. Me permito observar.

Encontro

Com um caminhar firme, porém sereno, finalmente ele está diante de mim. Eu me sinto nervoso. Não estou entendendo. Nossos olhos fixos, um encontra o outro, é tudo de que preciso para constatar. Sim, eu o conheço, é o meu filho, o meu filho primogênito está diante de mim. Não posso acreditar. E, naquele exato instante, ele fala:

— Papai, sou eu, seu filho!

Eu não sabia o que fazer, o choro veio instantaneamente, perdi o controle das pernas, me senti tonto, pensei que fosse cair. Ele se aproximou para me segurar, e eu, em meio aos prantos, o abracei.

— Filho... — digo quase soluçando. — Filho, você já é um homem. Como isso é possível? Você devia ter sete anos quando eu fui assassinado. O que aconteceu?

Apesar de querer ouvi-lo, conversar com ele, eu simplesmente não conseguia soltá-lo. Nunca abracei alguém de maneira tão forte na minha vida. Não queria que ele saísse dos meus braços; apesar de não ser mais uma criança, ele tinha praticamente o meu tamanho.

O abraço foi demorado e carregado de emoções, eu estava desnorteado, meu choro não cessava. O meu filho, que vi bebê, minúsculo em uma incubadora na UTI de um hospital, estava na minha frente, e já era um jovem homem. Eu o olhava e o abraçava de novo, foi assim por um bom tempo, eu não acreditava no que estava acontecendo.

— Pai, acalme-se, está tudo bem. Agora podemos conversar. Venha comigo, sente-se aqui — diz ele.

Eu estou boquiaberto ao ouvi-lo falar. Como isto é possível?, minha mente questiona.

— Eu não entendo, me explique como você está tão velho. Quero dizer, você deveria estar com menos de dez anos de vida, ser uma criança, e está pelo menos com o dobro da sua idade.

— Eu vivo em outra dimensão, pai, e nela o tempo passa mais rápido do que o que você tem como referência. Diferentes dimensões e a aceleração do tempo são fenômenos que vocês, enquanto Humanidade, têm começado a explorar e sobre as quais irão descobrir coisas fascinantes. Não se preocupe com isso. É assunto para outro momento.

E, em silêncio, ele me conduz para debaixo de uma árvore próxima a nós. Tem troncos no chão, nos sentamos em um deles, um ao lado do outro. Eu não quero desgrudar dele nem por um segundo. Lado a lado, seguro fortemente a mão dele, abobado, o olho, admirando-o.

— Você é lindo, filho. Puxou sua mãe. — E, ao mencionar a mãe dele, involuntariamente lágrimas de remorso escorrem em meu rosto. Como fui tolo. — Eu massacrei sua mãe, fui cruel com ela — eu digo a ele.

— Isso ficou no passado, pai. O senhor precisa se perdoar porque ela já o perdoou — ele responde com tranquilidade.

Lágrimas caíam descontroladamente dos meus olhos. Eu começo a soluçar novamente. Parecia que meu peito tinha sido rasgado. A dor era insuportável. Quanta culpa eu sentia. Beber ajudava a camuflar esses sentimentos que me atravessavam constantemente no meu dia a dia.

— Pai, está tudo bem — diz ele. — Com relação à mamãe não há muito o que fazer, além de emanar amor através de seus pensamentos. O amor é um sentimento de extremo poder que pode ser sentindo em qualquer dimensão. Mas com relação a você, muito pode ser feito, só depende de você, das suas escolhas e atitudes, depende exclusivamente da sua conduta a partir de agora.

— Eu me sinto envergonhado ao olhar para você, filho — digo de cabeça baixa, meio gaguejando. — Eu não estava lá quando você nasceu. Me escondia feito um covarde bem longe de vocês. Deixei sua mãe sozinha. Que tipo de homem eu fui? Como pude agir dessa forma? Eu julguei a vida inteira o meu pai por ser ruim com a minha mãe, por não me dar atenção, e agora diante de você percebo que fiz a mesma coisa com você e com sua mãe, eu os ignorei. Eu sinto muito, filho. Sinto muito mesmo. Eu... eu te peço perdão — balbucio desesperado.

— O senhor fez o que era possível naquele momento dentro da sua história, pai. Eu não o julgo. O julgamento está em você. Mas estou aqui para ouvi-lo. É chegada a hora de desabafar. O senhor vai se sentir melhor. Falar é parte da cura, e eu sei o quanto falar era difícil para você. Não apenas para o senhor; o vovô também tinha dificuldades em falar sobre os sentimentos dele; essa é uma característica que precisa ser trabalhada em nossa família. Falar sobre o que se sente, como se sente, o que gosta, como gosta. É como se geração após geração não se tivesse a permissão para falar, expor, mostrar vulnerabilidade. Isso era um sinal de fraqueza entre os nossos. O senhor apenas reproduziu o padrão ao qual foi submetido, não se condene por isso, está tudo bem.

— Não sei o que fazer, filho. Não sei por onde começar. Me sinto perdido, sou um prisioneiro de mim mesmo. Eu não aguento mais. Nunca imaginei que a morte fosse o que é. Morri e, ainda assim, não descansei. Sigo perturbado, enlouquecido, meus pensamentos me consomem, sinto culpa, remorso, ira, ódio, raiva. Tudo ao mesmo tempo. Esses sentimentos preenchem quem sou. Eu acreditava que a morte seria uma saída, e estou vendo que não é, não pelo menos para mim. Por favor, me diga se tem algo que eu possa fazer para acabar com tudo isso de uma vez por todas.

— Como eu disse, falar é um excelente começo. Expor como se sente com relação a tudo que viveu e ao que está vivendo será um alívio para sua alma. Permita-se, papai. Coloque para fora o que tanto te angustia. Estou aqui para ouvi-lo.

Fico aliviado ao ouvir aquilo e estou tão comovido que emendo um pensamento no outro.

— Filho, eu não queria te perder; por que você morreu? Um bebezinho lindo, cheio de vida. Me recordo perfeitamente da primeira vez que te vi naquela incubadora; você tão frágil, tão vulnerável, cercado por todos aqueles aparelhos, a única coisa que eu podia fazer era segurar sua mãozinha minúscula através daqueles vidros, acariciar seus dedos e suplicar pela sua vida. Sentir a temperatura do seu corpinho era meu único consolo.

— Pai, eu estava ali para te ensinar que tudo bem mostrar fragilidade e estar vulnerável em alguns momentos em nossas vidas. Não precisamos demonstrar força e rigidez o tempo todo. Isso é insustentável. Há momentos em que é saudável ocuparmos esse lugar no qual se requer ser cuidado. Ninguém pode ser uma fortaleza em tempo integral. Isso é um grande equívoco. Me fiz vulnerável para o senhor poder experienciar também esse local de vulnerabilidade em sua vida. Era apenas um aprendizado. Aprender a partir da experiência.

— Aprendizado? Foi muito injusto, isso sim. Você não teve culpa de nada, meu filho, eu era o culpado, fui eu quem negligenciei a sua vida. Sinto como se sua morte fosse uma forma de punição, algum castigo da vida por eu não ter estado presente em grande parte do período de gravidez. Eu não consigo me perdoar. Eu ocupei todos os lugares, exceto o que eu deveria ocupar, o papel de pai e marido.

— Está tudo bem, pai. São águas passadas. Estou aqui para ajudá-lo a enxergar a experiência por outra perspectiva.

— Não, não está nada bem. Eu errei, errei mil vezes em tudo que era mais sagrado na minha vida. Eu não me perdoo pelo que fiz a vocês.

— Papai — diz ele —, a única maneira de sair desse local que você está é ressignificando como se sente com relação a sua própria existência. Eu posso conversar com o senhor, mostrar os fatos por outra perspectiva. Mas cabe a você enxergar e ouvir. Alterar seu padrão vibracional é responsabilidade sua. Só o senhor pode transformar sua jornada.

— Por aqui vocês falam coisas que eu nunca ouvi. É como se estivessem falando em um outro idioma. Não sei o que quer dizer "alterar o meu padrão vibracional". O que é isso, filho? Como faço?

— Questionar é um excelente começo, papai. Fico feliz pela sua iniciativa. Perguntar é parte do processo da cocriação. Criamos a partir de nossas perguntas. E, como em tudo há vida, a consciência permeia o cosmos, todo o universo trabalha para entregar a resposta. Cabe a nós termos consciência sobre o que perguntamos.

— Não entendi absolutamente nada, filho. O que você está dizendo?

— Calma, pai. Vamos do princípio, eu vou fazer o possível para simplificar.

— No universo existe muito mais do que somos capazes de enxergar, o que está além da matéria física. Existe energia, e o acúmulo de energias formam o que chamamos de campo vibracional. A vibração é formada pelo acúmulo de energia presente em um determinado corpo; uma pessoa, por exemplo, é constituída do seu corpo físico e de corpos sutis. Salvo exceções, estes são invisíveis aos olhos humanos, mas atuam diretamente sobre seu humor, saúde, bem-estar. Deu para entender essa parte?

— Mais ou menos.

— O que eu quero dizer é que, antes de sermos humanos, somos seres energéticos; a energia compõe nossa essência, como tudo no universo. E corpo e mente são como grandes antenas que estão capitando tudo ao seu redor, o tempo todo, você estando consciente disso ou não. Isso inclui o que se sente, os cheiros, o que se escuta, músicas, falas, discursos, conversas, o que se vê, imagens, filmes, vídeos em geral, propagandas, o que é lido e o que é falado, tudo que se come e consome, inclusive as pessoas com as quais se relaciona, os seus relacionamentos de todos os tipos.

"Enfim", segue ele dizendo, "tudo interfere direta ou indiretamente no campo vibracional, que é o acumulado gerado por tudo que submetemos nossos corpos e mentes, conscientes ou inconscientes. Então, respondendo a sua pergunta, padrão vibracional é o que emanamos para além do físico e que é formado por tudo que consumimos, pelo que acreditamos, pelo que somos, por nossas verdades, mesmo sendo essas inconscientes. Portanto, nossas crenças, valores, dogmas, pontos de vistas, preconceitos e julgamentos também contribuem diretamente em nosso padrão vibracional. Resumindo, tudo contribui, e estar consciente perante nossas escolhas faz toda a diferença."

— Mas, filho, se eu não vejo o sutil, como posso identificá-lo? Tudo isso está muito distante da minha realidade. Nunca escutei ninguém falando sobre essas coisas.

— Eu entendo, papai. Você vivia em uma outra realidade. E o consumo excessivo do álcool acabou atrasando seu processo de despertar consciencial. É assim mesmo, no planeta Terra cada um está em sua jornada, não tem certo ou errado, o que existe são experiências e o que sua alma requer de você em determinada existência. Nem todo mundo consegue identificar e viver os anseios da alma, mas toda experiência é válida, desde que ela traga consciência e aprendizado — explica ele amavelmente.

— Eu não sei se a minha foi válida, filho. Eu errei de tantas formas. A impressão que eu tenho é que eu machuquei todos que me amavam, inclusive você.

— Pai — retoma ele —, aqui não há mais espaço para culpa, essa sua jornada encerrou. Ouça o que lhe foi dito, seja grato. Simplesmente agradeça. Além de se sentir melhor, pouco a pouco você vai alterar a frequência de seus pensamentos, mudar seu campo vibracional. A gratidão, assim como o amor, transforma.

— Você morreu precocemente, meu filho.

— Eu não morri precocemente, pai, essa era exatamente a minha jornada, viver em tempos humanos exatos nove dias e contribuir com a quebra da maldição existente sobre a nossa família. Gerações de homens, pais e filhos que se odiavam. Esse foi o meu propósito, encerrar essa maldição. Estar entre você e o vovô, o vovô e o pai dele e todas as demais gerações antecessoras que alimentaram o desamor. Pôr um ponto final nessas disputas de poder.

— Filho, você foi enterrado no mesmo túmulo que seu avô.

— Você também, papai. Nós três juntos. Esse foi o preço para ajustar o amor nas próximas gerações da nossa família.

Lágrimas escorrem sobre meu rosto, não posso controlar. Aquela conversa me conduz para um local de fragilidade raramente me permitido em vida; e, pela primeira vez, consigo admitir que é bom visitar esse local, por mais envergonhado que eu esteja me sentindo.

Abaixo a cabeça para evitar, por instantes, os olhos dele e na fração de segundos seguinte o cenário se desfez. Algo me traz de volta a minha realidade, procuro meu filho ao meu redor, não o encontro. Tudo que vejo são as paredes brancas do quarto onde estou, levo um tempo para perceber que aquilo fora um sonho. Pelo visto, estou aqui há muito mais tempo do que posso imaginar. Me sinto devastado.

Atenção ao perguntar

Um encontro com meu filho, nossa! Por que durou tão pouco?, me questiono intrigado.

Mesmo que tenha sido um sonho, por isso eu não imaginava; foi profundamente reconfortante poder vê-lo, tocá-lo, ouvir sua voz. Mas me pareceu tão real, é difícil discernir o que realmente aconteceu, se eu estava sonhando ou se realmente o encontrei fora daqui. Não sei se consigo lembrar tudo que ele me disse. Ele falou coisas tão estranhas, mas pelo menos me sinto mais calmo. Como foi bom estar com ele. Aliviou a alma.

— Como tudo isso aconteceu? Como começou? O que eu fiz de diferente? Pense, pense. Você precisa conseguir estar com ele de novo. Você precisa encontrá-lo mais vezes — digo em um monólogo.

Minha mente tentando recordar, iam e vinham pensamentos. Peguei no sono outra vez. Acordo e percebo que continuo forçando minha mente a lembrar. E, de repente, quando estava quase desistindo, algo me toca e eu recordo.

— Ah... Claro! A única coisa que fiz de diferente foi questionar incansavelmente dia após dia como poderia alterar minha realidade. E, então, algo aconteceu. Isso foi fantástico, eu até saí desse quarto, mesmo não tendo sido real. Foi a primeira vez que estive em outro local desde que cheguei aqui. Vou tentar mais um pouco, quem sabe consigo outro encontro.

Ouço batidas, tomo um susto. Minha reação é ficar em silêncio. Sinto medo. Esqueci por um instante que estou

morto. Segundos depois, batem outra vez. Agora, passado o susto, consigo responder.
— Quem está aí? — pergunto.
— Sou eu, Centurião Centauri.
— Ah, sim... Você de novo... Pode entrar — respondo frustrado. — Eu esperava alguém importante.
No instante em que dei permissão, ele se materializou diante de mim. Tomei outro susto. Aquilo me intrigava. Eu não tinha ideia de como ele fazia isso de atravessar paredes.
— Como você está se sentindo? — ele pergunta para mim.
— Estou melhor do que antes. Tive um sonho e meu filho estava nele. Isso me reconfortou muito.
— Que ótimo. Seu estado emocional faz muita diferença — diz ele.
— Me questiono se foi real. Pareceu tão real — digo àquele homem diante de mim.
— Tudo é real para quem vive, porque em tudo há uma comunicação, seja ela codificada ou literal, metafórica ou simbólica. O sonho é uma realidade vivida em outro plano. Agradeça a oportunidade, mas também reconheça o seu mérito — diz ele.
— Mérito? Que mérito? — pergunto sem entender.
— Você trabalhou arduamente em seus pensamentos, conseguiu transcender mesmo que brevemente a ira, o ódio, a raiva, o desejo de vingança, para poder experienciar outros sentimentos, e assim pôde viver o que viveu — esclarece.
— Eu estava pensando sobre isso antes de você chegar — digo. — Me perguntava o que eu tinha feito. Espera... foi o ato de questionar? Isso me possibilitou viver o que vivi? Não tenho certeza — digo.
— Sim, questionar cria possibilidades para além do que enxergamos. E, ao questionar como alterar sua realidade,

muitas forças universais trabalharam para lhe entregar a resposta, como um serviço de delivery universal. Teste e veja os resultados que alcançará — responde aquele estranho que está se tornando conhecido.

— Tudo isso é novo para mim — digo meio angustiado.

— Então, encare como uma oportunidade de fazer diferente, não desperdice essa experiência, ouça com atenção tudo que lhe for dito e pratique com afinco o que lhe for ensinado — diz ele, olhando fixamente em meus olhos. — Acredite: essa é a sua melhor opção.

O olhar dele é tão penetrante que sinto meu corpo tremer, uma onda de calafrio passa por mim. Me arrepio por inteiro. Isso gera em mim certo desconforto, como se ele pudesse ler minha alma. Ao voltar daqueles instantes de transe, pergunto:

— Quando irei sair daqui?

Calmamente, ele responde:

— Só depende de você. Pode ficar preso pela eternidade ou transcender; é você quem escolhe o que alimentar em si mesmo.

— Como assim? O que você está dizendo? — pergunto, aflito.

— A sua responsabilidade sobre a sua história de vida é maior do que você julga ser — ele responde. — Chegou a hora de culpar menos os outros — acrescenta.

— Quem é você para falar assim comigo? — respondo, indignado com a ousadia dele.

— Quem sou eu? — ele repete minha pergunta, acompanhado de uma risada irônica.

— Isso mesmo — digo irritado.

— Pois bem, ainda era cedo para tocar nesse assunto, mas, já que insiste, vai ter sua resposta, e com ela surgirão mais questões sobre as quais refletir no seu tempo aqui — diz ele, com um tom que fez eu me arrepender de ter perguntado.

— Eu sou uma espécie de guardião — informa ele. — Sabe o anjo da guarda, mentor, professor, guia, entre tantos outros nomes que vocês dão? Então, é isso o que eu sou para você.

— Como assim você é meu anjo da guarda? Se isso fosse verdade, eu não estaria preso neste calabouço! — digo, sem saber o que pensar.

— É nisso que você acredita sobre a função que exerço no momento. O fato é que as coisas são bem diferentes do que imagina — afirma ele, categórico. — A verdade é outra, desapontante não apenas para você. Infelizmente estou amarrado a você e não vamos a lugar algum enquanto estiver preso nas suas lamentações e no seu vitimismo — diz ele, em tom de desabafo e irritação.

— Essa é boa — digo. — Eu nunca te vi antes. Como ousa dizer essas barbaridades? Nada disso faz sentido.

E ele não perde tempo para responder:

— Você não se recorda, mas temos um contrato, eu e você, o qual exige que você deve atingir um determinado nível evolutivo para eu poder seguir minha jornada, livre de você. E, que fique claro, eu também estou cansado. Aliás, muito cansado. Cansado das suas burrices. Então trate de fazer sua parte para que eu possa me libertar de você, de uma vez por todas.

— Você não passa de um louco — digo irritado. — Que coisas absurdas eu tenho que ouvir neste lugar. Saia da minha frente. Não te quero aqui. Vá embora — grito, irado.

— Ora… Absurdo é o fato de você desperdiçar quatro décadas da minha existência e não ter aprendido nada. E agora vou ter que estender minha jornada com você, quem não aguenta mais sou eu. Cresça, por favor.

E, dizendo isso, desaparece diante dos meus olhos. Eu gritei, xinguei, esbravejei, bati nas paredes. Foi a forma que encontrei para externalizar minha raiva. E, uma vez mais, estava novamente sozinho naquele lugar. Agora mais estressado do que antes, sinto minha cabeça latejar como se estivesse à beira de explodir.

Controle pessoal

Vejo se instalar um conflito em mim. Uma parte quer brigar, discutir, esbravejar e a outra parte deseja apenas o silêncio. Estou ansioso para dormir, quem sabe encontro meu filho outra vez. Talvez ele me explique o que esse maluco está fazendo aqui e tudo que me disse.

A ansiedade faz aumentar o buraco que sinto em mim e me consome. Em minha mente, um turbilhão; estou desassossegado, tentando processar tudo que me foi dito. Estou cansado da loucura que me permeia. Não quero ficar preso aqui pela eternidade. Passo mal apenas de pensar nisso.

Isso está parecendo um jogo de caça ao tesouro, dicas são deixadas a cada encontro. Pelo que entendi, cabe a mim colocá-las em prática ou reproduzir o que vivi a vida inteira. Será que é isso que eles quiseram dizer sobre transcender ou ficar preso pela eternidade? Mas isso é tão cansativo, me sinto exausto, minha cabeça trabalha contra mim, no meu corpo predominam os sentimentos de disputa de poder. Me sinto só, cercado por um monte de vozes que me aprisionam nesta realidade, os meus próprios pensamentos.

Não posso confiar na minha mente, ela mente para mim, me leva a lugares sombrios, mas o que fazer se ela é parte de mim? Como transpor essa realidade? Meu filho e o maluco que afirma ser meu guardião afirmam que o ato de perguntar cria outras realidades. Dizem também que a gratidão e o amor ultrapassam dimensões. Não compreendo exatamente o que querem dizer, mas confio no meu filho, já o outro, no entanto, parece um louco prepotente. Em meio a todas essas constatações, adormeço.

Acordo sem saber quanto tempo passou, e nem sei se faz alguma diferença a essa altura da minha vida. Não sei quando aqui é dia ou noite, quando está frio ou quente. Me admiro como durmo nesse local, sinto tanto sono. Nunca dormi tanto, e olha que em vida eu também dormia bastante.

O que aconteceu mesmo antes de eu dormir? Sinto como se tivesse ocorrido um apagão em minha mente. Não consigo lembrar de nada. Será que o álcool afetou minha memória? Mas eu não estou me embriagando aqui. Será que caí e bati minha cabeça? Me sinto estranho, um pouco enjoado, minha cabeça lateja.

Agora desperto, percebo que estou com enxaqueca; minha cabeça sempre dói desde que cheguei aqui, mas nunca a senti doer tanto como estou sentindo agora. Ou será que só agora consigo sentir realmente a dor das balas que a perfuraram? Não, isso é loucura, passou tanto tempo, não deve ter nenhuma relação com o meu assassinato.

Eu a sinto enorme, inchada, latejando mais do que antes. Quase não consigo parar em pé de tão pesada que está. Parece que vai estourar. O que será isso? Tento caminhar pelo quarto, mas percebo que é melhor me deitar. Me sinto agoniado. Mais isso agora? Não basta estar preso nesse lugar? Tinha até esquecido que a cabeça doía. Se estou morto e meu corpo foi enterrado, por que minha cabeça dói?

Adormeço em meio à dor, acho que tenho alucinações. Sinto meu corpo quente, talvez esteja febril, sinto mal-estar. Estou acordado e adormecido ao mesmo tempo, será que estou sonhando? Estou deitado na cama, sentindo uma dor horrível e, ao mesmo tempo, estou me vendo fora daquele corpo em sofrimento. Aqui se vivem coisas bizarras. Isso me causa medo.

Do nada ouço uma voz, clara e direta, falando comigo. Não vejo ninguém, apenas a voz corta meus pensamentos.

— Foram feitas limpezas em seus corpos sutis, mais especificamente em seu corpo astral e no seu mental inferior, transmutando sentimentos negativos que carregava quando chegou aqui. Isso te prejudicava muito, impedia-o de ouvir e o mantinha aprisionado no sentimento de vingança.

"Isso era tão forte que te impedia de sentir a dor em sua cabeça devido às balas alojadas em seu cérebro. Aqui você não tem um corpo físico, entretanto, seus corpos sutis são afetados diretamente e precisam ser limpos. A remoção de toda a gosma energética impregnada, especialmente na sua cabeça, se faz necessária, é isto que está gerando a dor."

Segue a voz dizendo.

— Você, por vezes, esquecia a dor porque estava imerso em sentimentos densos, agora está conseguindo transmutá--los. E, consequentemente, vão aparecendo outras questões que também precisam ser limpas, ressignificadas. Por isso, vamos fazer uma cirurgia para remover todo o lixo energético impregnado no seu campo vibracional, em seus corpos, especialmente na sua cabeça. No entanto, se você alimentar pensamentos de ódio, ira, raiva, rancor, mágoa e outros sentimentos de baixo padrão vibracional, tudo volta a ser o que era. Lembre-se: você se torna aquilo que você consome e cultiva no seu dia a dia. É simples, só depende de você.

Recebi aquilo como uma bronca de um professor irritado com o aluno que reprovou várias vezes; eu era o aluno, no caso. Aquela voz assertiva ecoando dentro de mim. Arregalei os olhos e fiquei em silêncio. Partes em mim estavam atentas absorvendo o que ela dizia. Agora ferrou, depende somente de mim, penso intrigado. Isso quer dizer que, se eu baixar a guarda, pensamentos ruins me invadem e eu vou ter trabalho dobrado para ficar bem novamente. Era tão mais fácil quando eu tinha alguém para culpar pelos meus problemas.

— Escute — diz a voz. — Você vai adormecer por um período longo, enquanto fazemos os ajustes. Talvez esqueça parte do que foi dito ao acordar, mas não se preocupe, ficará gravado em sua alma.

— Esquecer? — me questiono. — Eu nem consigo entender o que estão dizendo... imagine se eu esquecer, como farei para sair daqui? Preciso me lembrar de tudo isso. Pelo que estou entendendo, vou ter que desenvolver controle pessoal. Não dá para ser refém dos meus pensamentos, preciso, ao contrário, usá-los em meu favor. Filho, onde você está? Vou precisar de sua ajuda. Mãe, por favor, não me deixe aqui sozinho! Voltem, fiquem comigo.

Neste instante, sinto em meu coração a voz do meu filho dizer:

— Pai, você nunca esteve sozinho, somos todos um. Você faz parte do todo. E precisa apenas acessar esse lugar em si mesmo. Aqui vai aprender como. Esteja aberto e ouça! A vovó também te acompanhará. Não se preocupe. Não se trata de nos ver, e sim de nos sentir ao seu lado.

Senti a lágrima escorrer pelo canto dos meus olhos. Era emocionante ouvi-lo. Meu menino, meu primogênito, meu filho amado, meu bebê. E outra vez adormeci, dessa vez me contorcendo de dor.

Centro de reabilitação

— Olá, seja bem-vindo — ouço alguém falando comigo quando abro os meus olhos. — Aqui é o nosso centro de reabilitação de corpos sutis. Você vai precisar ficar aqui por um tempo. A sua cabeça está bem feia. Bem, aproveite para descansar. Você será cuidado pelos nossos melhores profissionais. Tudo vai ficar bem — diz aquele ser simpático.

Ao ouvir e ver aquela pessoa, olho ao redor, vejo que não estou no quarto. Tem nuvens por toda parte, será que estou no céu? As nuvens representam o chão do local, macas estão sobre elas, vejo outros corpos em cima das macas espalhados até onde meus olhos alcançam. É imenso aquele lugar. Fico intrigado, como alguém fica em pé em cima de nuvens? Como as macas não caem? Minha cabeça deu um nó ao ver aquela imagem. Difícil acreditar no que meus olhos veem.

O lugar era calmo e sereno. Me senti anestesiado, apesar dos questionamentos borbulhando em minha mente. Acho que essa sensação de moleza são os efeitos do local sobre mim. Eu não me recordo de ter sentido essa paz em nenhum outro momento da minha vida. Eu poderia ficar aqui para sempre. Diante do sentimento, meu primeiro pensamento é: por favor, me deixem aqui, eu suplico. Como é gostoso estar aqui, penso.

Percebo que estou vestido com um macacão claro, em cima de uma maca. Vejo pessoas em pé, próximo às macas. Sai luz de suas testas. A luz tem várias cores. Vejo azul, roxo, amarelo, vermelho, laranja, verde, branco. Cada pessoa deitada na maca recebe uma cor ou uma combinação delas. Que bizarro. Será esse o remédio por aqui? Será que também receberei esse tipo de tratamento? Para que serve?

Ao terminar meu pensamento, alguém se aproxima e se apresenta.

— Olá, eu cuidarei de você por aqui, pode me perguntar caso tenha alguma dúvida, mas é aconselhável que você descanse na maior parte do tempo para acelerar sua recuperação. Já tem um tempo que sua cabeça está assim, vamos fazer o possível para reparar parte dos estragos. Tudo vai ficar bem, pode confiar em nós.

Eu estava absorto. Só conseguia sentir aquela paz indescritível presente ali. Tentei ouvir o que ele dizia, mas não consegui prestar muita atenção. Me sentia sonolento. Meu corpo queria dormir. Estava extremamente relaxado. Como era bom sentir aquilo. Não precisava mais acordar se eu permanecesse sentindo essa paz. Descansaria de uma vez por todas. Como eu queria silenciar tudo em mim. Até aquele momento nunca tive consciência do quanto desejava isso.

Eu abro os olhos outra vez, estou meio atordoado, sem muito discernimento, não sei exatamente onde estou. Tem alguém com a mão sobre meu braço, vejo uma luz saindo de sua testa, a luz está sendo projetada na região da minha cabeça. Sinto um jato quente me atingindo, a sensação é de algo cicatrizando. Sinto a pele levemente repuxar. Eu não consigo dizer nada, me sinto extremamente relaxado, a pessoa, está em pé na minha frente sorrindo para mim. Fecho novamente os olhos, acho que peguei no sono outra vez.

Escuto vozes, levanto cuidadosamente o pescoço, minha cabeça pesa, mas consigo ver um campo verde próximo a mim, lá tem crianças brincando. Vejo meu filho entre

elas. O reconheço de imediato. Como assim? Agora ele é criança? Mas eu o vi adulto. Nesse momento, uma voz dentro de mim fala:
— Silencie e observe. Agora não é o momento para perguntas.

Internalizei aquele comando e comecei a observar. Aquelas crianças brincavam felizes correndo por toda a parte. Tinha adultos espalhados pelo campo, aparentemente cuidando delas. Estou curioso e perdido ao mesmo tempo. Eu estou ali, mas é como se não estivesse. Um observador invisível, é assim que me sinto.

Meu filho se aproxima de uma das pessoas que lá está, o abraça e diz alguma coisa que não consigo escutar. Era como se estivesse pedindo permissão para fazer algo. A pessoa que o abraça sorri e faz um sinal afirmativo com a cabeça, então, ele sai correndo para o meio das crianças, feliz, falante. Como é bom vê-lo. Reconforta o meu coração.

Repentinamente o vejo um pouco maior, o cenário diante dos meus olhos muda completamente, ele está em uma sala de aula com crianças da mesma faixa etária, o vejo estudando. Percebo que não estudam coisas que estudei, estão falando sobre energia, campo vibracional, ressonância, a arte de perguntar, a sabedoria presente no silêncio, o poder do pensamento e da cocriação, estudam técnicas de meditação e de respiração. Todos esses conceitos são novos para mim. Passo horas ali observando e, de certa forma, aprendendo aquela diferente forma de ver e viver a vida.

Reparo que ele é esperto e curioso, brincalhão. Reconheço um pouco de mim nele. Como isso é satisfatório. Sinto orgulho em tê-lo como filho e privilegiado por ter a oportunidade de ver o crescimento dele, mesmo que nesta condição de um observador.

Fui a muitas e muitas aulas, a linguagem era fácil, com muitos exemplos e dinâmicas que me possibilitavam aprender também com aquelas crianças. É maravilhoso vê-lo sorrindo. Aqui ele está saudável. Corre, brinca, pula, grita, faz tudo que uma criança saudável faz.

Ao nascer, os médicos deram um diagnóstico horrível para ele. Teria que passar grande parte da vida dentro de um hospital e não viveria mais do que três ou quatro anos. Ele nasceu com uma má formação no coração. Não conseguia fazer o bombeamento do sangue para o corpinho dele, precisava de ajuda. Hoje reconheço que ele só representava as minhas dificuldades em perdoar e amar. Não era ele quem tinha um problema no coração, era eu.

Papo reto

Estou parcialmente acordado, ouço pessoas falando próximo a mim, não consigo abrir os olhos. As pestanas pesam. Mencionam sobre minha recuperação, escuto que está correndo tudo bem, é tempo de sair dali.

Sinto um desespero imediato ao ouvir isso, não quero sair, nunca me senti tão bem. Quero ficar. É como se todo o restante deixasse de existir. Ali minha mente maluca aquieta-se. Consigo absorver os aprendizados na escola do meu filho. Posso vê-lo sorrir, brincar, aprender.

Se não vou poder ficar permanentemente, preciso ao menos estender o meu prazo aqui, tenho que pensar em algo para ficar. A ideia de voltar para aquele quarto me causa calafrios. Há tempos eu não lembrava que aquele lugar existe. O que faço?

Alguém toca meu ombro como se tentasse me acordar, eu não sei se finjo que estou dormindo ou se abro os meus olhos. Tenho medo do que vão falar. Decido que vou permanecer de olhos fechados. Quem sabe assim ganho um tempo. Então, a pessoa começa a falar comigo.

— Você está acordado, tudo bem não querer abrir os olhos. Vou conversar com você da mesma forma. Sua recuperação está excelente. A menos que você alimente um padrão vibracional baixo, não vai sentir mais dores de cabeça. Fizemos uma limpeza profunda. Drenamos toda a gosma presente e suturamos tudo. As aulas com seu filho foram uma excelente forma de você se reabilitar com leveza e facilidade. Elas te distraíram, tiraram o foco que você alimentava.

Ao ouvir tudo isso, decidi abrir meus olhos e perguntar.

— Vocês fizeram o quê?

— Projetamos você nas memórias escolares do seu filho. Assim pode aprender parte do que precisava nesse período de transição, ensinamentos que ele inclusive havia compartilhado no encontro que tiveram, assim como as informações dadas por um dos que fez a sua guarda lá no quarto. Dessa forma, potencializamos sua recuperação. Usamos desse e de outros artifícios para que as almas trazidas se recuperem com facilidade, sem sofrimento.

— Vocês trapacearam! Eu achando que vocês eram confiáveis, e tudo que queriam é que eu saísse logo daqui. Vocês querem me mandar para aquele calabouço outra vez — digo, irritado.

— Escute, meu querido — diz ela, com uma voz penetrante. — Aqui é um centro de reabilitação de alta tecnologia, sinta-se grato por ter sido trazido para cá, agradeça aos que te possibilitaram estar aqui, porque, se dependesse exclusivamente do que cocriou em sua vida terrena, você não teria nem passado perto desse local, certamente estaria preso em alguma zona umbralina desde que foi morto. E, para ficar claro, o nosso objetivo é possibilitar o bem-estar aos que aqui estão. Usamos inúmeras ferramentas para potencializar a reabilitação dos corpos sutis. Não é só você que precisa de tratamento. Ou você acredita que só você morreu de forma brutal nos últimos três anos?

— Como assim? Passaram três anos desde a minha morte? Como isso é possível?

— É possível porque aqui o tempo é diferente da dimensão que você viveu. E, sim, passaram-se três anos. E, aproveitando, é melhor você começar a aprender as coisas de forma rápida se não quiser ser levado ao local que você cocriou por meio de suas escolhas e atitudes. Isso aqui é um hotel cinco estrelas comparado ao local em que você deveria estar.

Aquela conversa me atingiu como um soco no estômago. A minha soberba foi ao chão. Ela tinha razão, eu não fiz absolutamente nada para merecer o que havia recebido desde a minha morte, outros fizeram por mim. E nem por um instante eu tinha sido grato a eles por terem intercedido. Um lampejo de consciência me atravessou por meio daquelas palavras. Outra vez, tão tolo, arrogante e insensível. Ela viu o efeito do que disse sobre mim e seguiu falando.

— Você está aqui há seis meses, todos os dias assistiu a aulas com seu filho, ou melhor, assistiu à reprodução das memórias dele. Esse é um período mais que suficiente para que tenha clareza sobre seus atos e um aprendizado mínimo sobre alguns conceitos universais. Sua vida foi cheia de encrencas físicas, emocionais e energéticas. Por sorte, pessoas de boa índole passaram pela sua história em um momento ou outro. Pessoas que se compadeceram da sua alma. Você deve a elas sua estada aqui, sua estada no quarto onde ficou por mais de dois anos protegido e o reencontro com sua mãe e com seu filho. E, se acha que não recebeu o suficiente, será um prazer encaminhá-lo ao departamento das consciências ingratas. Se fosse uma decisão exclusivamente minha, é lá onde você deveria ter estado grande parte desse tempo.

Eu me calei, estava envergonhado. Eu não fiz por onde e ainda estava exigindo. Essa foi a minha vida. Sempre ocupei o lugar de vítima. O mundo era o responsável pelas minhas misérias humanas, agruras e angústias. Eu julgava e culpava quem estava a minha volta. Um bloco de gelo no lugar do meu coração, me sentia excluído e não amado. Não enxergava que fiz pouco ou quase nada por mim. Essa consciência me faltou, eu desejei a vida toda que os outros preenchessem meus vazios. Eu ocupei o papel de coitadinho de mim, enquanto muitos sofriam à minha volta. Só agora consigo enxergar quão tolo eu fui.

— Vejo que a conversa surtiu efeito — diz ela. — Vou te deixar aqui com sua consciência. Aproveite para rever esses seis meses de ensinamentos. Você vai precisar deles daqui para a frente.

Nossa! Parece que ela tem a capacidade de ler pensamentos. Credo. Ainda bem que ela se foi, penso aliviado.

Passei o dia emudecido, um silêncio desconfortável inundou o meu ser. Revisitei lugares que tinha tapado para não acessá-los, relações que estraguei, outras que não devia nem ter começado e condenações que fiz. O uso equivocado dos meus recursos. Um caminhão de desperdícios. Que vida sem propósito a minha. Uma ressaca moral me invade e permanece por um tempo que parece não ter fim, como dói olhar para tudo isso. A verdade dói. Deve ser por isso que fugi dela a minha vida inteira.

Percepções

Não sei por quanto tempo ainda permanecerei aqui. Segundo eles, estou bem, minha recuperação foi excelente, realmente não sinto mais dores de cabeça, nem parece que fui tão brutalmente alvejado.

Passo os dias caminhando, o local emana paz, mas eu não a sinto como antes, tenho clareza de que sou eu quem não estou em paz. O choque de realidade que me foi dado dias atrás me deixou reflexivo.

Tenho medo com relação ao meu próximo destino. Sei que não fiz por onde. Só esperei. Fui um poço sem fundo. Queria que as pessoas me dessem integralmente em suas totalidades, mas nunca fui capaz de me doar por completo por absolutamente ninguém. Um egoísta. Fui isso a minha vida toda. Pior que isso, não fiz pelos outros nem por mim. Sou classificado como um suicida, eu não zelei por minha existência, ao contrário, fiz tudo que estava ao meu alcance para que pessoas me vissem como um alvo. Eu desperdicei o que tinha de mais sagrado: minha vida.

Será que há outras pessoas aqui que também desperdiçaram a própria vida? Será que posso conversar com elas? Será que alguém aqui quer conversar comigo? Estou inquieto novamente. À medida que vou tendo clareza sobre minha conduta, eu perco o sossego. Acho que meu filho me disse que falar cura, sinto que preciso falar.

Alguém vem em minha direção. Sinto-me aflito. Será que meu tempo acabou? Droga. Vivi os melhores dias aqui e agora vou ter que partir.

— Olá, sou um cuidador aqui, estou encarregado de saber como você está. Observamos que você caminha o dia todo nos últimos dias e permanece em silêncio. Quer compartilhar o que se passa?

— Ah, obrigado por perguntar.

Eu, agradecendo? Nossa... Não me recordo de quando foi a última vez que fiz isso. Depois dessa constatação, volto para a conversa.

— Eu estou um pouco inquieto, para falar a verdade, estou com medo do meu próximo destino. E sei que meu tempo aqui está acabando.

— É verdade — diz ele. — Seu tempo aqui está quase no fim. Mas não se preocupe, se você aproveitou as aulas, tudo ficará bem. A vida é uma grande experiência, você apenas está trilhando o seu caminho. Se não está se sentindo confortável com o que lhe espera, é sinal de que você deve plantar outras coisas no seu presente, assim poderá colher algo diferente no amanhã. Sempre há tempo para o novo.

As palavras dele me tiraram do *loop* de remorso em que eu estava. Ele tinha razão. Eu estava desperdiçando novamente meu tempo. Chegou a hora de crescer. Aprendi tanto ali, precisava colocar em prática. Ficar me lamentando pelo que ouvi apenas alimentava um baixo padrão vibracional. Precisava espairecer e ouvir outras histórias. Eu não era o único ali com mudanças a fazer.

— Eu posso conversar com essas pessoas? — pergunto eu.

— Claro — responde ele. — Fará bem para você interagir com elas. Agora, me dá licença, preciso verificar outros pacientes. Aproveite sua estada aqui. Até mais.

Dessa forma, ele se afastou, indo em direção a outra pessoa que parecia tão aflita quanto eu. A resposta dele me levou a ter clareza sobre outro aspecto: há dias estava cercado de pessoas e permanecia no mesmo padrão terrestre, eu me sentia sozinho. Eu escolhi estar sozinho. Que bizarro... Eu poderia ter interagido com qualquer um ali desde que tive alta. Mas escolhi estar só, me colocando nesse local de remorsos e prisões existenciais. Às vezes, sinto que não aprendi muito. Devo ser um péssimo aluno.

Conversas banais

Me encorajo e caminho em direção a um homem que está próximo a mim. Como não sei o que falar, eu digo o trivial para iniciar uma conversa.

— Olá, tudo bem se eu me sentar perto de você? — digo, tentando ser simpático.

— Ah, claro. Sem problema algum. Eu estava mesmo querendo uma companhia — responde ele.

— Legal — respondo. — Eu também.

— Faz tempo que está por aqui? — ele pergunta.

— Pelo que me disseram, já passaram seis meses — informo.

— Eu cheguei aqui tem um mês — diz ele.

— Pouco tempo — digo eu. — O que te trouxe para este lugar? — pergunto, querendo dar continuidade à conversa.

— Tive um infarto. Excesso de estresse. Tive uma vida onde apenas trabalhei — responde ele.

— Infarto? E você aparenta ser jovem, quero dizer, está conservado — digo.

— Não mais jovem que você, meu rapaz — ele menciona.

— É verdade. Eu parti cedo — respondo, incomodado. Acho que ele percebeu o meu desconforto e mudou de assunto.

— Quais lições vai levar deste local? Já pensou sobre isso? — indaga ele de forma serena.

— Pois é, essa é uma grande pergunta. Preciso refletir, foram tantas as lições. Mas acho que posso pontuar algumas, se me permitir.

— Claro, foi por isso que perguntei — ele fala.

— Eu sou responsável pelo meu bem-estar em todos os níveis e só descobri isso aqui, assistindo às aulas do meu filho, que é uma criança. Outra questão importante é que eu sou o que alimento em mim, isso requer consciência. É bem cansativo no começo, mas aparentemente vale a pena o exercício de estar consciente. E, por fim, nossas relações dizem muito sobre quem somos. Eu estou aqui graças às boas almas que atravessaram o meu caminho. Sem elas, eu não teria tido essa oportunidade. E você, o que aprendeu aqui nesse um mês?

— Vejo que aproveitou seu período aqui, parabéns. Grandes lições são essas. Bom... eu aprendi que o excesso mata. No meu caso foi o excesso de trabalho. Não consegui impor limites na minha gana por realizações. Quis reconhecimento profissional e grana a todo custo, e olha onde estou. Os meus familiares e amigos estão lá e eu aqui, isso como consequência da minha falta de limites — responde ele, com tristeza no olhar.

— Sinto muito — digo eu.

— É... Não há o que fazer agora com relação ao que eu tinha, mas posso tentar adotar mudanças com relação ao meu futuro. Estou me conscientizando sobre isso — responde ele. — E, a propósito, sabe para onde vamos depois daqui? — pergunta ele.

— Eu não faço ideia, ninguém me disse ainda e confesso que estou com medo de perguntar — respondo com a voz trêmula e inseguro.

— Eu estou tendo que limpar muitas crenças limitantes que carreguei comigo a vida inteira. Cresci em uma casa de valores muito rígidos e conservadores, isso tem gerado um certo desconforto. Inclusive, estar aqui olhando para minha existência após a morte tem sido um desafio imenso.

Venho de uma família de ateus, nada existe após a morte em nossa filosofia. E, mesmo diante de tudo que me mostraram desde que cheguei, ainda me admiro e sinto dificuldades em acreditar no que vejo e vivo nesta realidade. Às vezes penso que, ao invés de morrer, fiquei foi louco — diz ele, parecendo se sentir inquieto.

— Eu te entendo, pensei por inúmeras vezes que havia enlouquecido também. Agora um pouco menos. Tive encontros preciosos que mexeram comigo. Talvez você também passe por isso — digo, querendo confortá-lo.

— É, talvez você tenha razão. Agradeço a conversa, preciso ir agora, tenho que verificar os meus níveis energéticos — diz ele ao se levantar.

— Eu que agradeço. Estava precisando conversar com alguém além dos cuidadores. Boa sorte. Quem sabe nos encontramos novamente — digo acenando para ele, que já caminha, se distanciando.

Depois daquela conversa, escolho passar o restante da tarde sentado no banco olhando o horizonte. Assistir ao pôr do sol, algo tão simples e tão revitalizante; não sei se já parei para contemplar tamanha beleza. Em situações como esta, me pergunto: o que fiz da minha vida?

O PÔR DO SOL

Assistir ao pôr do sol, no primeiro momento, foi como dar uma pausa ao caos da minha mente e aliviar meu coração. Quanto saber existe em observar. Observar o sol se pondo e contemplar a beleza das cores no horizonte nesse acolchoado de nuvens sobre meus pés foi verdadeiramente revigorante. É como se agora eu conseguisse enxergar a beleza nas pequenas coisas, não que o pôr do sol seja algo pequeno, não quis dizer isso, mas há beleza presente na arte de contemplar, de simplesmente estar e se permitir ver.

Revejo minha vida assistindo ao pôr do sol. Enxergo detalhes antes negligenciados. Estou estarrecido. Acredito que é efeito desse local te conduzir para o profundo, às entranhas da alma, um verdadeiro mergulho para dentro de si.

Nestes instantes viajo na imensidão do espaço, sou consumido pela energia transformadora desse astro gigante que nos aquece diariamente, o sol. Na imensidão contemplada, presencio minha pequenez enquanto criatura e ao mesmo tempo acesso a força criadora que há em mim. Compreendo que cabe a mim direcioná-la. É a primeira vez que sinto isso. Estou comovido.

Olhando para o sol, que muito rapidamente se põe no horizonte, enxergo minha passagem; breves instantes me conduzem para outro mundo, não sei se para aquele mundo irei voltar, mas antes de partir desejo me sentir forte e exuberante, aspiro a olhares, quero ser visto, notado, contemplado. Ambiciono brilhar como o sol em meu círculo de convivência, mal sei eu que minha ínfima luz logo se apagará. Este fim de tarde representa o meu poente, no qual literalmente eu desapareço no horizonte perante esta existência.

A luz dando lugar à escuridão, a claridade sendo substituída pela sombra, o dia finalizando para a noite se apresentar; essa dualidade é um dos princípios que regem o planeta. O equilíbrio entre essas e outras forças deve ser uma prática diária, pois a essência humana também representa a dualidade. Aprendo que precisamos de ambas, visto que uma complementa a outra, e quando há separação, consequentemente, cria-se o desequilíbrio.

Não há melhor ou pior, o que existe são forças opostas complementares e estas possibilitam a formação de diferentes formas de vida que coexistem. A riqueza da vida também é fruto da dualidade.

As horas seguintes passam em silêncio, muito mudou desde que cheguei aqui, mas tenho medo do que virá. Aprendi sobre uma lei cósmica universal, plantio e colheita, e perante o que plantei não tenho esperanças de colher nada muito próspero. No entanto, não há o que fazer, a não ser enfrentar o que está por vir.

O PODER DAS AFIRMAÇÕES

Sinto que meus dias por aqui estão chegando ao fim, estou disposto e não tive mais dores de cabeça. A paz presente neste lugar ameniza olhar para minhas memórias. Escutei um anúncio hoje pela manhã. Convocaram para uma palestra todos que receberam alta; estou ansioso para assisti-la.

A manhã passou rápido, caminhei sem rumo, contemplativo, observei a formação de nuvens e o movimento do vento alterando a disposição delas no céu. Eu devia ter feito isso mais vezes, a criança que vive em mim teria agradecido. No entanto, eu estava tão preso em minhas ganâncias que não parava para observar o céu.

Chega o momento da palestra, muitas presenças ocupando o lugar. Não tinha me dado conta que éramos tantos. Ali, aglomerados, formamos uma multidão. O palestrante se posiciona. É altivo e tem um semblante pacífico; características comuns aos cuidadores desse lugar. Sento-me um pouco distante dos demais, não me sinto à vontade em estar no meio da multidão.

— Boa tarde, seres divinos — diz o palestrante para a plateia, com um sorriso no rosto. — Agradeço a presença de todos. Eu faço parte da equipe Consciência Agora, que busca abordar junto a vocês, consciências em expansão, assuntos que contribuam com a caminhada que seguirão trilhando, cada qual em sua jornada, atendendo os desígnios e propósitos de suas almas, dentro das possibilidades que vocês construíram em suas existências.

"Se não sabem, devem supor que a estada aqui neste centro de reabilitação é temporária. Como em qualquer outro lugar em suas vidas, tudo tem um tempo específico para ser vivido e, em um determinado momento, encerrado. Aqui não é diferente. Portanto, a dica é: absorvam o máximo de aprendizado que puderem, pois logo retomarão suas jornadas. O tempo aqui é como uma espécie de intervalo para vocês. Portanto, logo seguirão.

"O tema abordado hoje será o poder das afirmações e como podemos usá-las. Peço, como de costume, que anotem suas perguntas; me coloco à disposição para respondê-las no final da apresentação, assim evitamos interrupções no raciocínio. Vejo que estão todos acomodados, então vamos dar início à palestra."

O palestrante parece ter pressa em compartilhar o conteúdo, assim segue dizendo:

— Antes de mais nada, quero transmitir um possível conceito sobre afirmações; elas são declarações poderosas que redirecionam a mente e o campo energético de uma maneira expansiva. Afirmações atuam diretamente em seus diferentes corpos; a repetição de frases poderosas, também chamadas de mantras, gera uma reorganização no cérebro e no campo energético, permitindo que programas negativos atuantes sejam paulatinamente substituídos.

"O viés negativo, presente no inconsciente humano, se instalou a partir do processo de evolução. O ambiente selvagem, carregado de estresse e incertezas, ao qual os ancestrais do *Homo sapiens* foram submetidos, criou na mente mecanismos de defesas desenvolvidos para promover a autodefesa e, consequentemente, a sobrevivência. Esses mecanismos garantiram ao cérebro priorizar aspectos de riscos ao invés de aspectos positivos. Naquele cenário, tais comportamentos eram favoráveis e apropriados.

"O problema dessa programação é que, com o passar das gerações e da evolução, deixou de ser necessária; entretanto, permaneceu armazenada no cérebro humano. Dessa forma, requer-se uma reprogramação, que se dá através da substituição por afirmações positivas, curtas e claras. A verdade é que as palavras têm um poder de cocriação sem precedentes. A palavra é uma ferramenta, seja ela verbalizada ou pensada, que pode construir ou destruir. O poder de ação delas é expansivo.

"As afirmações requerem repetições, ou seja, a prática constante é necessária. Isso porque, sendo o mantra dito uma única vez, a capacidade de ação é muito baixa, visto que existe uma energia presente na mente e nos corpos caminhando em outra direção, que possivelmente é alimentada e carregada há muito tempo, por anos até, na maioria das vezes.

"Portanto, quanto mais se repete, maiores as chances de mudança, pois tem-se uma amplificação da energia presente na afirmação que possibilita alterar o *loop* existente. A prática conduz a troca de energia. Sem a repetição não é possível alcançar um resultado diferente.

"Proponho que façam o exercício, pensem em alguma afirmação positiva simples e a repitam dia e noite, até que ela se repita automaticamente em suas mentes. Neste estado, perceberão mudanças.

"Não sejam preguiçosos, apliquem o exercício diariamente pelo máximo de tempo possível, o período que for necessário, meses ou anos, não importa. Imagino que todos aqui querem mudanças. Estou compartilhando uma ferramenta fácil e eficaz, o uso fica por conta de vocês.

"Acredito que vocês sabem que a sociedade está impregnada por muitas crenças limitantes, de desempoderamento, medo e culpa; que por meio do inconsciente coletivo essas crenças são propagadas e compartilhadas, gostem ou não. Há respingos por toda parte. E entre as formas de limpar esses padrões, está a substituição por meio de novas afirmações, contrárias as existentes.

"O exercício da consciência sobre o que se fala e o que se pensa também contribui para acelerar as mudanças. Lembre-se de que a prática de estar consciente deve ser constante, ininterrupta.

"'Orai e vigiai' é uma máxima que significa estar consciente sobre atitudes, palavras, pensamentos, ações, reações, crenças e pontos de vistas. Viver consciente deveria ser um dos propósitos da sociedade. No entanto, escolhemos ser massa de manobra, trocando a liberdade do senso crítico por entretenimentos fúteis. Acredito que compartilhei o que havia pensado, agora sintam-se à vontade para perguntar."

O palestrante é agraciado com uma salva de palmas. Ele sorri amavelmente em retorno, agradecido pela atenção.

Em seguida, alguém levanta a mão; o palestrante, com um gesto afirmativo, concede a palavra.

— O senhor pode dar exemplos de mantra?

— Claro, darei alguns. "Eu sou um ser divino e cocrio minha realidade", "Eu escolho a facilidade", "Eu sou grato por toda a abundância que me cerca", "Eu vivo a harmonia em minhas relações". Entre milhares de outras possibilidades. Uma informação relevante é que é importante vocês criarem a afirmação de vocês, usando palavras ou expressões com as quais se identifiquem. Mentalizem ou verbalizem a frase com intenção. O poder da intenção é crucial para gerar mudanças.

Outra pessoa levanta a mão; o palestrante faz um sinal afirmativo com a cabeça para que a pessoa fale.

— E o ato de perguntar? Ele tem o mesmo fundamento das afirmações?

— Basicamente, sim — responde o palestrante. — Quando perguntamos, consciente ou inconscientemente, o universo entende que estamos interagindo com ele, pois está tudo interligado; nós, como consciências, e o universo, que também é uma consciência. Portanto, sincronicamente o universo vai arrumar mecanismos para responder.

"Por exemplo, alguém acorda pela manhã, bate o dedo do pé na beira da cama e sem a menor consciência solta um palavrão e acrescenta que seu dia será ruim. O universo, que é literal, compreende: 'Ok, ele quer que o dia seja ruim, vou providenciar isso'.

"Entendam, estou dando um exemplo grosseiro para facilitar a compreensão, mas percebam que existe um emaranhado de coisas acontecendo. Notem que a resposta está preenchida por crenças, uma delas é que, se ele acordou e bateu o dedo do pé na beira da cama, o dia dele está condenado a ser ruim, ele acredita nisso, e o ato de acreditar é parte do processo de cocriação.

"Por trás do que foi verbalizado, existe um inconsciente atolado por crenças, julgamentos, pontos de vistas que constroem o dia, a semana, o mês, o ano, a vida desse ser humano. O papel do universo em sua abundância e polaridade é entregar o que a pessoa ressoa, vibra, emana, seja em ações, seja em pensamentos, seja em atos ou palavras; novamente lembrando que pode ser consciente ou inconsciente, não importa.

"E, para que fique claro, não é porque você pediu a vida toda 'Eu quero ganhar na loteria' que você vai ganhar.

Primeiro porque muito possivelmente você vibra escassez, é preguiçoso, cheio de julgamentos sobre o dinheiro, acha que o dinheiro é sujo, que gente rica é ladra, que rico é esnobe. Para ser aceito na sua família, você precisa honrá-los sendo pobre, porque o pacote de crenças negativas com relação ao dinheiro naquele lar é tão grande que você não tem a capacidade de pedir um trabalho que te realize e, como consequência, seja altamente remunerado por ele, para que, dessa forma, você possa construir sua riqueza financeira. Não, mas com as crenças espalhadas pela sociedade é mais fácil transferir o que deveria ser seu processo de ressignificação para a obtenção de um milagre, como ganhar na loteria.

"Ou seja, existe uma incoerência brutal, uma coisa é o que está sendo pedido e a outra coisa é no que se acredita, o que o preenche, e nessas situações o que prevalece é o que o preenche e não o que se pediu, porque o peso do que carrega como verdade internamente é muito maior. A coerência é uma parte fundamental para alcançar mudanças, novos resultados. O que se pede tem que estar alinhado com o que se acredita. Entendam que uma ação leva a outra. Por isso, estar consciente é fundamental.

"Para ficar mais claro, uma pessoa que está preenchida por crenças limitantes, pontos de vistas difíceis... uma pessoa que vive hoje na realidade que chamamos 3D está carregada de posicionamentos de que a vida é difícil, que precisa sofrer para alcançar ganhos, que é pecadora e, portanto, não é merecedora das coisas boas que estão presentes na vida. E, se ela faz afirmações por um dia, dois dias ou semanas sobre abundância e prosperidade, provavelmente o resultado que ela vai alcançar será tão sutil que, como ela está preenchida por negatividade, nem irá perceber, o que fatidicamente a levará a desistir do processo de transformação, porque dentro dela a verdade é que a vida é difícil, que ela precisa sofrer para alcançar o reino dos Céus ou que, ainda, uma vida com propósito é uma vida com sacrifício. Vejam, se é nisso que ela acredita, é isso que ela terá. O universo em que ela vive é uma autocriação, é o espelho de suas verdades, muitas vezes não reconhecidas.

"Lembrem-se de que vivemos em um universo de ressonância, cada um de vocês vive e recebe o que ressoa. Se não gostam de suas existências, se estão insatisfeitos ou se almejam algo diferente, mudem o que estão emanando. Não existe punição ou castigo, isso é uma falácia, o que existe é ação e reação, causa e efeito. O vitimismo é um dos muitos males que assola a sociedade. As crenças impregnadas no inconsciente coletivo, as quais os afastam de si mesmos, os fazendo entregar a outros o seu poder como seres criadores, é um mecanismo inteligente de castração presente na sociedade há milhares de anos e que vem sendo fortemente perpetuado.

"Contudo, a mudança é totalmente possível, caso entendam como necessária em seus processos; entretanto, requer consciência, dedicação, persistência e, muito importante, mudanças pessoais. Fazer afirmações, perguntas, que sejam, deve estar associado a mudanças diárias. Sair do local da espera que o outro faça por você para assumir o papel de fazer por si mesmo. O protagonismo em sua existência o conduzirá a infinitas possibilidades sequer imaginadas. Ação, ação e ação, doses diárias e homeopáticas de ações."

Dessa forma enfática, ele finaliza sua explicação.

O silêncio prevalece naquele recinto. As pessoas estão com os olhos arregalados. É difícil ouvir coisas assim, dessa forma simples e direta. Elas foram ditas de forma mansa, mas com a precisão de uma flecha que acerta em cheio o alvo.

A fala dele me atravessou exatamente como uma flecha, me senti o próprio alvo. Nem sei o que dizer. Parece que cada palavra foi direcionada para mim. Eu passei a vida toda dizendo que queria ganhar na loteria. E ganhei, não da forma literal, mas eu ganhei milhões referente a minha herança. E o que eu fiz com meus milhões? Queimei, desperdicei, torrei. Toda a grana evaporou; se eu tivesse vivido mais alguns anos, com certeza voltaria a ser pobre.

Eu tinha sérios problemas com o meu pai. E a herança era fruto do trabalho dele. O dinheiro que eu gozei na vida nos últimos anos fora consequência do trabalho do meu pai durante sua vida inteira. Como é que eu queria ter prosperidade se eu amaldiçoava quem construiu aquele patrimônio? Como eu queria ser rico, se eu odiava os ricos? Que estupidez a minha. Agora vejo a total incoerência. Carreguei e alimentei crenças tão negativas com relação ao dinheiro que perdi minha vida por ostentá-lo indevidamente. Fui imprudente, inconsequente e imaturo. Sinto que fui atingido pela overdose de crenças que alimentei, as injustiças que cometi, não somente com os outros, mas comigo mesmo. Eu joguei minha vida, minha grana, minha família, tudo fora.

Enquanto estava digerindo o tsunami de verdades lançadas, outra pessoa no meio da plateia pergunta.

— Querido, associar afirmações com perguntas e visualizações potencializa a obtenção de resultados?

— Com certeza — confirma o palestrante. — Essa é uma excelente forma de potencializar a mudança. O hábito de visualizar é altamente cocriativo. Visualizar o que deseja, sentir o cheiro, perceber o movimento, o gosto, enxergar detalhes do que se almeja, tudo isso faz muita diferença. E, se conseguir conciliar no seu dia a dia o uso de várias ferramentas simultaneamente, o processo de transformação das crenças se torna mais rápido. E, apenas reforçando, adicione doses de intenção. A intenção é uma chave para criação de infinitas possibilidades — ele faz uma pausa e logo dá continuidade à palestra. — Próxima pergunta — diz o palestrante. E alguém imediatamente levanta a mão. O aceno afirmativo com a cabeça dá o sinal que ela precisa para perguntar.

— Por favor, explique o movimento que está acontecendo no planeta no qual é possível enxergar exacerbada polaridade.

— Agradeço a pergunta — responde o palestrante. — Isso é um tópico muito relevante para a humanidade atualmente. Sabe-se que a energia está em constante movimento e transformação, e somos seres energéticos, como vocês aprenderam. Assim sendo, cada geração requer um tipo de energia, crenças, princípios, valores. É o que abordamos durante a palestra, tem aspectos que não são mais necessários, fizeram parte do passado, foram essenciais, mas agora vive-se um novo tempo, o que requer uma transformação a nível pessoal e societário. E atualmente há disponível na sociedade o que se chama de dimensões conscienciais 3D e 5D. É importante deixar claro que não se trata de um local físico, e sim de um estado de espírito, uma construção psíquico-energético. Pois a realidade física do planeta ainda é 3D, composto por altura, profundidade e largura. Mas, em se tratando de aspectos conscienciais, pessoas que alimentam a energia do medo, do conflito, da desarmonia, da raiva, do ódio, da mentira, da escassez, que disseminam distorções sobre a realidade, estão cercadas pela dimensão 3D. Em geral, nessa realidade, as pessoas se guiam quase exclusivamente pela mente. Por sua vez, as pessoas que alimentam a união, a cooperação, a fraternidade, a compaixão, o amor estão em criação da 5D, em termos energéticos, que é o local onde as ações são direcionadas pelo sentir, pela intuição. Lembrando que todos lá vivem na realidade física 3D.

"É importante que saibam que não existe julgamento do ponto de vista do espírito, portanto, não há realidade certa ou errada, melhor ou pior. A diferença está sobre o quanto a vida das pessoas será difícil, desconfortável e acelerada na realidade 3D, enquanto na consciência 5D tende a ser leve, fluida e desacelerada.

"Nesse momento, o planeta presencia uma forte discrepância entre as vibrações, o que contribui para a polaridade acentuada na sociedade. E muito está relacionado à informação que é consumida. Tem a informação genuína que provém da conexão com a Terra, com a natureza, com consciências que espalham amor e harmonia, que propagam paz pelo planeta, e a informação que dissipa medo e mentiras, gera guerras, mantém a sociedade em uma realidade de dominação ao invés da liberdade, presa às redes sociais.

"É sabido que a tecnologia acelerou o modo de vida; como consequência, a sociedade desaprendeu a viver de modo desacelerado, modo saudável de vida, como sabiamente viviam seus ancestrais.

"Viver nessa realidade requer discernimento para perceber em qual dimensão está. Desenvolver a intuição, ouvir o corpo, estar atento às sensações; afinal de contas, o corpo não mente. É notório que a energia já está acelerada, portanto, nem a sociedade, nem os indivíduos precisam cultivar uma vida agitada. A energia está disponível de forma suficiente para gerar quaisquer manifestações no plano físico. A agitação das pessoas não contribui em nada, mas lembrando que elas têm o livre-arbítrio e ele é estritamente respeitado. É perfeitamente possível cocriar, manifestar, levando uma vida tranquila e harmônica. O estresse e a agitação trazem reflexos graves, muitos de vocês estão hoje aqui porque exageraram, e pagaram com a vida por isso. Mas cada um sabe do seu processo e vive o que escolhe viver. Estamos aqui apenas para conscientizar, a escolha é individual.

"Bem, pessoal, eu fico por aqui, o meu tempo acabou. Agradeço imensamente o interesse de vocês, foi ótima a troca. Espero que tenham gostado, desejo que possa ter contribuído de alguma forma com cada um de vocês. Não sei se os verei novamente, por isso aproveito para desejar-lhes algo precioso: consciência sobre o processo que vivem. E, dessa forma, deixar minha mensagem final."

Novamente o silêncio se instaura por todo o recinto. Então, ele diz:

— A vida é um convite a transcendência, dessa forma, o conceito sobre a roda de samsara também é algo que precisa ser deixado no passado. Iluminem-se por meio da consciência plena, se integrem ao Todo, acessem em vocês o divino que os habita. O sofrimento não é mais um requisito para a evolução. Isso faz parte do passado. Libertem-se! Um abraço a todos.

E, dizendo isso, segue em direção a um dos estabelecimentos presentes naquele local.

Eu não sei se consegui absorver as explicações sobre as últimas perguntas. Estou imerso revisitando minhas crenças e julgamentos. A única coisa que consigo fazer quando finaliza a apresentação é sair do banco e me deitar no chão. Estico-me e fico ali, não sei por quanto tempo. Estou aprendendo que o processo da digestão é desconfortável e leva tempo, porém ele é determinante para alcançar novos resultados.

Mudanças à vista

Chega o dia, sinto-me ansioso, não sei o que me espera. Seres com aspectos diferentes dos humanos estão no local. Uns com aspectos mais angelicais, outros nem tanto, não consigo defini-los, nunca vi nada parecido. Eles solicitam que façamos filas de acordo com a causa da morte. Me dirijo para a fila do assassinato, eu não sou o único.

Pedem para fazermos um círculo, as filas são distantes umas das outras, quando fechamos o círculo, o líder do nosso grupo, suponho eu, diz para ficarmos tranquilos, pois faremos uma rápida viagem.

Ele é forte e alto; no entanto, eu não consigo ver seu rosto, apenas uma capa preta o cobria. Ao terminar de falar, somos cercados por uma névoa acinzentada, que vem debaixo para cima e rapidamente cobre todos os nossos corpos. Segundos depois, não estamos no centro de reabilitação, somos translocados para outro lugar.

— Olá, consciências em expansão — diz o ser com a capa. Deixe me apresentar. Eu tenho essa forma que estão vendo, não enxergarão meu rosto, sei que vocês humanos se importam com as formas, mas aqui a vida é manifestada em formatos bem diferentes do que vocês estão acostumados.

"No meu caso, por exemplo, foquem na minha voz; ela os guiará quando necessitarem. Meu rosto vocês nunca irão ver, não percam tempo tentando enxergá-lo. Estarei sempre com essa capa preta me cobrindo. E, para os mais medrosos, vou aproveitar para desmitificar as crendices que rolam entre os humanos. Preto originalmente refere-se à proteção; portanto, sobre minha capa, vocês e eu estamos protegidos. O preto atrelado às trevas, à morte, às sombras, em geral a algo negativo ou destrutivo é uma construção dos humanos, e isso não tem efeito neste plano.

"Aproveito para apresentar a minha face feminina, senhora Nevoeiro. Pois, assim como vocês, nós também temos o aspecto feminino e o aspecto masculino. Eu, senhor Capa Preta, represento a energia masculina e ela, a energia feminina. Eu passo facilmente desapercebido em locais onde há ausência de luz e ela camufla-se com tamanha agilidade. Nós iremos trabalhar com vocês pelo tempo que for necessário.

"Eu não tenho rosto e ela não tem forma, é simplesmente uma névoa que se move com destreza. Vocês aprenderão sobre ela com o passar do tempo. Aproveitem para irem se acostumando com as novas formas de consciência que encontrarão por onde passarmos. Vocês não têm um corpo físico, mas, a partir de agora, irão experienciar mudanças de temperatura, como quando eram vivos; isso é apenas parte do aprendizado a que serão submetidos. Cada um viverá a experiência que necessita ser vivida de acordo com seus históricos de alma. Muitos de vocês estarão sozinhos. E uma última informação: saibam que o mundo dos humanos como conheciam ficou para trás. Portanto, abram suas mentes e assumam o que vocês são: consciências experimentando incontáveis formas de ser e estar. Ah... outra informação muito importante: o mundo agora é telepático, vocês humanos estão muito atrasados com relação a comunicação. Tenham todos uma boa jornada. Nos reencontraremos no momento necessário."

Acessando o desconhecido

Ao meu redor, eu não consigo enxergar nada além da névoa cinzenta que nos cerca, mas ainda assim algo me arrepia; não sei se é efeito do senhor Capa Preta ou da senhora Nevoeiro. Eu simplesmente me sinto desconfortável. O recado me deixou assustado. Não acho que estou pronto para o que virá.

A incerteza com relação ao que se desdobrará comigo me deixa aflito. É estranho estar morto em um mundo e vivo em outro. Nunca pensei sobre isso. Como isso é possível? Sei que minha mãe acreditava em céu, inferno e purgatório. Meu pai achava isso uma babaquice. E eu não me permiti olhar para nenhuma possibilidade. E agora o inimaginável me atravessa. Uma névoa me cerca, um ser sem face me direciona. Cenários inacreditáveis diante de quem fui.

Muito lentamente, outra vez, a névoa cobre todo o meu corpo. Dessa vez, me sinto levemente inebriado, um formigamento se espalha pelo meu ser; agora, nem com os olhos abertos consigo ver os que estavam a minha volta. Somos apenas eu e a névoa, ou melhor, a senhora Nevoeiro, fundidos em um só corpo. Meu ser integrou-se a ela.

É estranho, mas me sinto protegido estando envolto por ela. Percebo que posso relaxar, o medo passou. Se é possível dizer isso, a mente aquietou. Os pensamentos silenciaram. Em meio ao vazio dos pensamentos uma voz reverbera em mim por meio dos sentidos. É estranho explicar, como se eu ouvisse sem ser dito, meu ser de alguma forma que desconheço decodifica a mensagem.

— Escute com atenção. Eu estarei com você nesse estágio do seu processo. Eu irei te apresentar lugares e situações os quais você não recorda mais. Irá recordar o que tua alma já sabe. No entanto, saiba que vai levar um tempo para depurar o que você construiu na sua última jornada. Isso se você quiser depurar. Estamos aqui apenas como uma contribuição; no final das contas, não podemos interferir no seu livre-arbítrio. É você quem alimenta a sua alma.

Ao ouvir aquela mensagem ecoando em mim, sinto um peso enorme, especialmente sobre o fato que, em resumo, seria eu quem escolheria. Eu não sei o que dizer. Não faço ideia do que enfrentarei, nem de onde estou. Constatei após a minha morte que eu nunca fui bom com escolhas. Meus pensamentos são subitamente interrompidos pela névoa que se fundiu a mim.

— Há muitas formas de ser e estar. São inúmeras dimensões, muitas inclusive se sobrepõem. As consciências estão por todas as partes. Vocês são capazes de enxergar uma parcela minúscula sobre o que os cercam. Vários mundos coexistem em um mesmo lugar, ocupando diferentes dimensões. Veja seu exemplo: aqui, morto para os humanos, você consegue me ver e me ouvir. Lá as pessoas que me enxergam, se afirmarem saber sobre, são classificadas como loucas. Há de tudo no universo e uma das chaves de acesso é a ressonância. Você vai sintonizar com o que você emana, vibra, reverbera em sua alma, sua mente e seu corpo. Mas isso você já ouviu recentemente. Permita-me te apresentar o que ainda não recorda.

Inebriado com a voz que faz eco em mim, volto a ficar apreensivo. É minha oportunidade de explorar o esquecido pela minha mente humana. Me questiono como será.

Povo em pé

Após essas últimas palavras, volto a enxergar. Estou em um campo aberto; há algumas árvores, uma brisa agradável, o sol nascendo, o céu com poucas nuvens e, ao me dar conta, constato que a névoa não está mais ao meu redor. Um cenário familiar, bastante acolhedor.

Minha primeira reação é olhar ao meu redor, ver se reconheço alguém. Olho para todos os lados, não há ninguém aqui, constato que estou sozinho em meio a esta paisagem. Caminho um pouco, me sinto perdido, mas não quero ficar parado, então sigo caminhando sem direção. Passos lentos. Não tenho pressa. Não faço ideia do que me espera. Mas sei que tenho muito o que digerir. Pensamentos me atravessam, mas em alguma medida sinto minha mente mais tranquila.

À medida que ando pelo local, me sinto integrado à natureza. Estranho, não sei se senti isso antes. É como se eu e a natureza fôssemos uma coisa só. Me percebo emocionado ao constatar isso. Por um milésimo de segundo não sinto a tão familiar solidão. Como é bom sentir-se parte de algo.

Sigo passo a passo, estou presente, isso é raro em minhas memórias. Essa sensação de presença vai se ampliando, toma conta do meu ser. Isso é transformador. Não saberia descrever quão apaziguante é estar neste estado.

Sigo concentrado neste passeio, as árvores começam a chamar minha atenção. É como se algo me atraísse para perto delas; elas parecem tão vivas, nunca as tinha visto assim, tamanha beleza.

O vento em ação, as folhas em movimento, tudo chama minha atenção. Troncos fortes que sustentam a copa. E me dou conta que as raízes, a parte que sustenta a árvore, ficam escondidas. Raízes são o que a mantêm de pé. Vasculho minha vida e percebo que talvez essa tenha sido uma das razões para eu não ter me mantido de pé; eu não cultivei raízes profundas.

Este caminhar está sendo de grande reflexão, me conduzindo a lugares não explorados em mim. Uma entre muitas árvores ao meu redor me chama atenção em particular. Decido me aproximar e algo absurdamente estranho acontece.

— Olá, fique à vontade para se aproximar. Temos algumas informações para compartilhar. Mas, antes de começarmos, permita-nos nos apresentar: somos parte do reino dos seres arbóreos. Alguns nos chamam de povo de pé — diz a árvore ao lado.

Me assusto. Talvez eu esteja alucinando. Árvores falantes. Impossível. Dou um passo para trás. Chacoalho-me, acredito estar equivocado com relação ao que escutei. Não tem ninguém aqui além de mim, pelo menos não que eu esteja vendo. Então de onde vem essa voz? Árvores, elas não podem se comunicar, ou podem? Que loucura, a que ponto cheguei. Com certeza estou louco. Decido me afastar. Volto a caminhar sem direção. Confuso. À medida que caminho, passo ao lado de outra árvore, novamente uma voz se pronuncia.

— Você está aqui para aprender sobre nós. Você não está louco. Sim, somos árvores e podemos nos comunicar. Somos seres vivos, temos um corpo físico e um espírito, assim como você. E, o mais importante, desempenhamos inúmeras funções vitais no planeta. Mas estamos em outra faixa vibracional, por isso a forma de comunicação é telepática.

Eu estou estarrecido. Isto não é possível. Será que estou vivendo uma interação autêntica com esses frondosos seres da natureza? Não, eu me nego a acreditar. Isso é demais para mim.

— Anda, chegue mais perto. Sua mente racional está condicionada a certos paradigmas. Se você chegou até aqui é porque já desconstruiu alguns, e é o momento de desconstruir outros. O melhor que você pode fazer é silenciar a mente e ouvir com o seu coração.

Que conversa é esta? Isso é demais para mim. Sou teimoso, nego o que acabo de ouvir. Caminho me afastando delas. Quero organizar meus pensamentos.

— Está bem — diz outra. — Temos todo o tempo, quem está com o tempo contado é você. Quando decidir baixar suas barreiras, estaremos aqui para continuar o diálogo.

Socorro. Isso é enlouquecedor. Sento-me no chão de costas para elas. Instantes depois, me percebo uma criança fazendo pirraça, dizendo a mim mesmo que isto não é real, que eu sou o detentor da verdade e, na minha verdade, árvores não se comunicam.

Ao reconhecer o que acabei de pensar, me sinto um tremendo arrogante. Já tinha visto coisas demasiadas distantes das minhas verdades, desde a minha morte. Sou preenchido por uma sensação de que não havia aprendido nada. Quão tolo eu estava sendo. Ao reconhecer isso, me levanto e retorno, caminhando em direção a algumas árvores. Acho que agora estou pelo menos disposto a ouvi-las. Me aproximo, meio tímido, não sei o que dizer. Me sinto envergonhado. Elas são sensíveis e percebem o meu mal-estar. Então, docemente me acolhem.

— Ora, está tudo bem. O primeiro contato pode ser assustador mesmo, seu cérebro foi condicionado a vida inteira a nos ignorar e a nos ver como seres inferiores. Mas garanto que, se você nos respeitar, somos seres inofensivos. Agora venha. Sente-se em uma de nossas raízes.

Eu me sinto um bobo, assustado com esses seres inofensivos. Enfim, me rendo. Afinal de contas, o que eu vou fazer? Sair correndo? Para onde? Algo dentro de mim me diz que é hora de enxergar o que me cerca, com um outro olhar.

— Ah, que ótimo. Sente-se e fique confortável. Vamos conversar. Estamos aqui para desconstruir crenças fortemente disseminadas entre os humanos — diz uma árvore.

Passo a ouvi-las com atenção.

— Vamos começar pelo básico — diz outra. — Nosso corpo físico é composto por nossas raízes, tronco, galhos, casca, folhas, flores e frutos.

Nossa, nunca havia visto por essa perspectiva. Sim, elas também têm um corpo físico. Por que isso não é ensinado nas escolas dessa forma?

— Não queremos ser cultuadas — diz outra. — Queremos apenas ser respeitadas por vocês, humanos. Também fazemos parte do planeta e somos provedores das necessidades de muitos seres, incluindo vocês.

— Sim — concorda uma ao lado —, nossa morte indiscriminada traz inúmeras consequências graves, entre elas, a diminuição da umidade do ar, a alteração da temperatura em microclimas, a desertificação do solo, a alteração no ciclo das chuvas, a morte de animais e nascentes, a destruição de barreiras naturais para os ventos, a falta de alimento para algumas espécies, redução dos níveis de oxigênio, entre outras sequelas.

Caramba, como nunca me atentei a essa magnitude? Quanta falta de informação a minha.

— Somos seres dotados de memória sensorial, emocional e planetária, assim como vocês. Bom... nem todos vocês recordam, mas é uma questão de buscas pessoais. Isso é outra história.

Outra árvore a interrompe e prossegue:

— Além disso, representamos as três regiões cósmicas: as raízes, o mundo subterrâneo; o tronco, o mundo intermediário; e a copa, o mundo dos céus.

— Um mundo sem árvores pode se tornar um imenso deserto — diz a árvore em cujas raízes me sentei.

Essa informação me atravessa como um raio. Eu estou perplexo. Em meio a esta conversa, percebo o despertar de uma sensibilidade que eu desconhecia completamente. Como se, à medida que eu as escutava, uma empatia por aqueles seres fosse construída em mim de forma instantânea. Surpreendente.

Elas seguem falando, muito conhecimento é transmitido. Fico absorto em meio a tanto saber. Não sei quanto tempo dura esta mágica experiência. Sei que estou fascinado com os seres do povo em pé.

— Agora tem que seguir o seu caminho. Outras experiências te aguardam — fala uma delas.

Ao ouvir aquilo, sou atravessado por uma nostalgia profunda, um sentimento inexplicável de saudade por aqueles seres inunda-me. E, simultaneamente, sou arrebatado por uma vontade incontrolável de abraçá-las. Como um ímã, eu sou atraído até o tronco de uma delas e dou um abraço rápido e meio sem jeito. Eu não entendo nada. Não sei dizer de onde saiu aquela vontade súbita que resultou naquele gesto. Mas, apesar do estranhamento gerado em minha mente, percebo meu espírito sorrir. Como se dissesse "Demorou, mas está relembrando".

Em meu íntimo, agradeço por elas serem humildes a ponto de transporem minha ignorância. Me despeço com um aceno e sigo. Me sinto preenchido, abastecido com um saber antes ignorado em toda a minha existência humana.

A VOZ DO DESERTO

Segui caminhando sem destino, me desconectei do cenário, estava concentrado em integrar todo o saber transmitido. A cada passo relembrava o que fora dito por aquelas árvores. Quando percebo o meu entorno, noto uma mudança no cenário. De um campo com árvores para um lugar desértico.

— Será que eu caminhei tanto assim e nem reparei?

Me assusto com a mudança de paisagem e temperatura. Sinto o sol alto e forte, o calor me toca. Olho o mais longe que minha visão é capaz de alcançar e só vejo deserto. O deserto em sua vastidão me rodeia. A areia queima meus pés. Somente agora me dou conta que estou descalço.

— Que insano, o que aconteceu aqui? Onde vim parar? Por que estou no meio de um deserto? — as perguntas borbulham em mim.

Apesar de perplexo, sigo caminhando; minha mente agita-se outra vez buscando respostas. O ar árido corta minha face. A intensidade do vento aumenta, parece que uma tempestade de areia se aproxima.

Reconheço que meus instintos ainda estão atuando em mim, porque tenho uma reação quase imediata de correr em direção contrária à tempestade. Eu não penso, apenas sigo meus instintos e corro o mais rápido que posso.

Um sistema de alerta e autodefesa se acionou em mim, revejo a cena do meu assassinato. Como eu queria que tivesse dado tempo de escapar... Às vezes, precisamos estar expostos à iminência da morte para saber o quanto ainda desejamos viver. E talvez seja em momentos como este que se tem a oportunidade de fazer diferente. Como o ser humano é antagônico, precisa enxergar a morte para desejar a vida. Mas quais pensamentos são esses? Eu já estou morto, será possível morrer enquanto consciência? Está aí outra questão que nunca passou pela minha cabeça.

Preso nas lembranças e nos questionamentos que afloram subitamente em meio a uma eminente ameaça, tento fazer algo concreto no momento presente para me proteger. Os pensamentos me atrapalham, tropeço e caio, rolo pela areia. A tempestade começou, está forte. Olho para trás e vejo inúmeros redemoinhos de areia. Que cena impactante. Como me percebo pequeno em meio àquela força...

Me levanto o mais rápido que posso e volto a correr. Meus passos ficam mais largos, procuro um lugar para me refugiar. Meus olhos não encontram. O desespero invade meu ser. E eu, outra vez, retorno para o estado de completa desarmonia.

Estou assustado, sigo correndo. Tenho a impressão de que serei tragado por algum redemoinho a qualquer momento. Eu não deveria sentir medo, eu estou morto. Mas a verdade é que tenho a impressão de que nunca me senti tão vivo. Tudo pulsa em mim.

Pensar não está ajudando, caio novamente, levanto mais rapidamente que antes, não tenho tempo a perder. Percebo que estou mudado. Isso em alguma medida me deixa contente. Não sei se a essa altura tem alguma serventia, mas me sinto bem em notar esse desejo pela vida.

Estou cansado, as pernas trêmulas. Não sei se posso ir muito mais longe, e não sei o que fazer. Por mais que corra, não chego a lugar algum. Me entrego ao cansaço, caio novamente, dessa vez me rendo, não me levanto. E é dessa forma, exausto, assustado e quase inconsciente, que o elemento predominante naquele cenário se apresenta.

— Consciência humana, saiba que você adentrou um espaço onde literalmente movem-se montanhas. Você está sob o nosso domínio. No deserto, somos nós, os grãos de areia, que determinamos os caminhos e quem poderá atravessar o deserto. Aliás, recriamos os caminhos a cada momento em comunhão com nosso amigo, o vento. A todo momento têm-se novas formações, confundindo os caminhantes que tentam nos atravessar, sem demonstrar respeito. Costumamos confundir também aqueles que são presunçosos o bastante para ter um ato de humildade e pedir licença para aqui estar.

Me percebo atônito. No deserto, os caminhos são constantemente recriados. A areia é o elemento que comanda o cenário. Facilmente os humanos podem se perder ou até mesmo morrer. É tão óbvio e eu nunca tinha percebido esta verdade. Que insano!

— E como eu saberia que tenho que pedir licença para estar aqui se nunca me ensinaram? — A pergunta sai sem eu me dar conta que eu estava questionando grãos de areia. Algo completamente inaceitável para minha mente humana.

— Não te ensinaram, mas agora você aprendeu. Peça permissão para adentrar mares, rios, florestas, desertos, cavernas ou qualquer outro lugar no qual a força da natureza impera. Demonstre respeito, você está entrando em um local que não é do domínio da raça humana. Locais onde outras formas de consciências habitam e governam.

Nossa, profundo... Uma vez mais, me sinto envergonhado. Aos poucos vou me dando conta do quanto o meu saber era limitado.

Depois dessa troca curta, porém riquíssima, de novas percepções, percebo que inclusive ali, naquele lugar muitas vezes considerado inóspito pelos humanos, há consciências em atuação, verdadeiros guardiões atuando com maestria e em silêncio, protegendo o seu habitat.

Não me recordo de muita coisa depois do diálogo com os guardiões do deserto. Devo ter desmaiado. Me questiono se foi uma alucinação; afinal de contas, o sol estava forte e eu fui atingido por uma tempestade de areia.

Minha mente controladora busca respostas, mas o esforço é em vão. Não consigo pensar em nada. Eu nunca me interessei por temas fora da minha realidade material e terrena; portanto, não tenho condições de encontrar nenhuma resposta.

Império Branco

Quantas experiências estranhas... Primeiro as árvores, e agora os grãos de areia; receio sobre o que virá em seguida. Em meio a esses pensamentos, decido retomar minha caminhada, então me levanto. Mas, antes de seguir, recordo do que me foi ensinado e, dessa forma, peço permissão aos seres que guardam aquele deserto para que eu possa atravessá-lo em segurança.

Esse gesto me traz paz, como se criasse uma comunhão entre mim e aquela paisagem. Então, olho para todos os lados, mirando o mais longe que consigo enxergar. Em um ponto específico, vejo algo que difere da areia, uma mancha branca. Não sei o que é, mas decido que é naquela direção que irei seguir. Quem sabe consigo sair dali.

Sigo determinado. À medida que caminho, sou preenchido por uma força interna cuja origem desconheço. Algo me diz que devo estar na direção certa. A cada passo, a mancha vai ficando maior. Esse é o meu estímulo para seguir trilhando.

Percebo que o cenário é gradualmente preenchido por outra paisagem, e, depois de horas de caminhada, o deserto não vejo mais.

— Caramba, como é lindo aqui! — me pego observando aquela nova paisagem com uma beleza natural incrível.

O branco da neve é convidativo para fazer um boneco de neve, coisa que eu nunca tinha feito. Me deixo levar pelo meu desejo. Agora corro por outra razão; não é para fugir, é para tocar a neve e brincar livremente, como nos tempos de criança.

Caio no chão ajoelhado, junto um pouco de neve com as mãos e a jogo para cima, coloco um pouco na boca. Além da curiosidade sobre que gosto a neve tem, eu sinto uma secura imensa em meio à última vivência.

Deito-me no chão coberto por neve. É agradável. Me sinto relaxado, em regozijo. Fico contemplando a neve e o céu. A adrenalina gerada pela fuga das tempestades de areia vai baixando, me sinto aliviado. Brinco alegremente com a neve. Como resultado, sem perceber pego no sono, como uma criança que exausta dorme sem notar.

Devo ter ficado horas dormindo sobre o chão coberto por neve, pois acordo tremendo de frio. A experiência, a princípio acalentadora, agora se transforma em uma verdadeira friaca. Por sorte, ainda não está escuro. Acredito ter tempo para encontrar um abrigo, o mais longe possível da neve, penso eu.

Nesse instante, ouço de forma clara:

— Dessa forma, você provou o meu lado sombra. Posso ser letal no caso de uma exposição prolongada. Como tudo no universo, existe o lado luz e o lado sombra. Ficou encantado com minha beleza e por pouco não congelou — diz a consciência da neve.

Quem diria, nunca olhei por essa perspectiva. Esse é outro ensinamento que tenho integrado nesta jornada, luz e sombra estão presentes em tudo, inclusive em mim, admito mesmo intrigado.

Sem delongas, agradeço a consciência da neve por dividir aquele saber. E lembro o que a areia disse com relação a pedir licença, quando estiver em um lugar controlado pelas forças da natureza. Então peço licença à neve em um gesto de respeito, e sigo o meu caminho.

Me levanto e começo a caminhar, dou uns pulos para aquecer o corpo. O frio está demasiado. Olho atentamente para todos os lados. Ao fim do horizonte, vejo algo que me chama atenção. Acelero o passo em direção ao que estou vendo. A intenção é esquentar-me o mais breve possível para não congelar.

Chegando mais perto, o que eu enxerguei vai ganhando forma. Parece ser uma pedra grande. Espero que eu possa encontrar uma forma de abrigo nela. E, dessa forma, a neve vai ficando para trás.

TRAVESSIA INESPERADA

O frio deixou meu corpo trêmulo. Começo a correr para amenizar esse desconforto. Corro o mais rápido que posso. Preciso me aquecer. De um passo a outro, naquele impulso visceral em lutar pela minha sobrevivência, o cenário muda outra vez, agora estou em um local coberto por rochas; vejo pedras grandes ao meu redor. A neve e o frio ficaram totalmente para trás. Intrigante tudo isso.

— Será que o cenário mudou repentinamente ou eu estou há quilômetros correndo e nem me dei conta? — A verdade é que não sei responder. Apenas me sinto aliviado à medida que me vejo em outro contexto.

Aqui o vento está um pouco quente. E, apesar de o sol estar se pondo, as pedras ainda estão aquecidas na superfície. A temperatura ideal para mim. Deito-me sobre aquelas rochas. Relaxo. Ali me sinto confortável. Sinto a quietude presente ao meu redor que reverbera em mim. Instantes de paz. Sou presenteado por momentos de calmaria.

Em meio a este estado de relaxamento, sinto algo pulsar, de forma muito sutil, mas ainda assim consigo identificar. Continuo deitado aproveitando o momento de descanso. E o pulsar vai ficando mais perceptível sobre as minhas costas. Singular isso. Não senti nada parecido antes.

Não me incomodo. Estou absorto. Desejoso de permanecer nessa sensação de bem-estar. Foram muitas histórias vividas. Queria poder conversar com alguém, compartilhar, mas lembro que o mundo como conhecia ficou para trás.

Contudo, a paz é por instantes interrompida. Ainda deitado, tenho uma sensação repentina de um puxão como se eu tivesse sido tragado para dentro da pedra subitamente. De um instante a outro, me percebo dentro dela e não mais sobre ela.

Experiencio o medo mais uma vez. Me sinto aprisionado. Memórias do quarto em que estive, logo após a minha morte, reavivam. Não quero voltar para aquele lugar. Não quero estar preso novamente, é tudo que penso.

Momentos de angústia sinto. Eu toco as paredes daquela rocha de dentro para fora. Empurro. Faço força. Procuro uma fenda. Algo que me possibilite sair dali. Nada. Fico desesperado.

Começo a questionar o que será que faço ali preso dentro de uma pedra. Parece que estou na terra da fantasia. A cada momento passo por situações inimagináveis e desafiadoras. E agora, como saio daqui?

Eu volto ao estado de preocupação. Meus instintos em alerta outra vez, até que escuto:

— Calma. Não tenha medo. Essa experiência servirá de base para o que viverá em um futuro próximo. Você não está preso. Sua mente é que te coloca nesse estado de ameaça.

Eu não sabia o que dizer, nem se deveria responder.

Então, a voz segue falando:

— Você está vivendo uma oportunidade única. Não a desperdice. Este é um exercício para aprender a silenciar-se, mesmo quando não está em condições desejadas. Pois é silenciando dentro que se altera o cenário fora.

Mesmo querendo questionar de forma grosseira, como de costume, algo me faz apenas ouvir. Estava aprendendo a refletir sobre o que era dito, antes de sair brigando. Percebia que esta é uma habilidade importante para construir o meu saber. Vivo ou morto, eu precisava mudar padrões pessoais de conduta.

Como me mantenho em silêncio, a voz prossegue.

— Aqui dentro o maior perigo é a sua mente descontrolada. Aprenda a controlá-la. E sairá antes do que imagina.

E dessa forma, foi dito, outra vez, que eu sou o responsável pelo sucesso ou pelo fracasso da experiência. Sair do hábito da transferência de responsabilidade é difícil para mim. Minha mente me sabota constantemente, sempre querendo culpar alguém.

Começo a me observar. Então, algo em mim diz para colocar as mãos sobre a parede à minha frente. E apenas senti-las. Sem julgar, sem questionar, sem querer encontrar a resposta. Apenas silenciar para ouvir e, mais que isso, sentir. Em um exercício profundo de rendição. Apesar de ser muito difícil, decido obedecer, mesmo me achando louco por topar fazer.

Assim saio do estado de aflição. Me dou conta que eu realmente não estava correndo perigo. Era minha mente que estava me boicotando. Assim, me posiciono de frente com a parede e apenas observo por uns instantes. Em seguida, coloco minhas mãos e posso senti-las em contato direto com os limites internos daquela pedra. É difícil descrever a textura, a sensação, a experiência como um todo.

É como se as margens da pedra se expandissem e se contraíssem à medida que minhas mãos mexem. Tem elasticidade. As bordas da pedra aderem às mãos. Passo um tempo testando os limites. De assustador passou a ser divertido estar ali. Caminho perfazendo todo o espaço interno daquela rocha. Como uma criança descobrindo seu brinquedo novo, eu exploro o lugar sem pressa.

Percebo pequenas faíscas vindo de várias direções, de baixo para cima, de cima para baixo. A princípio são quase imperceptíveis, formam apenas uma pequena fagulha, com o passar do tempo, vão aumentando a intensidade e a quantidade. Elas me atravessam. Quando me tocam geram leves espasmos.

Sinto nas costas, no peito, na cabeça. A cada faísca que me atinge, eu tenho uma sensação despertada em mim. Alegria, euforia, beleza, gozo, plenitude, riso, choro de felicidade. Literalmente sou invadido por ondas de luz. Um raio de luz atravessa a mente e me faz acordar, despertar para tudo que pode ser vivido, para tudo que foi vivido, como se naquele instante, eu tivesse sede de vida.

À medida que sou atravessado por aqueles raios, vou tendo uma sensação de espaço interno jamais tida, como se meu corpo se expandisse, atingindo as extremidades daquela rocha, se moldando e fundindo a ela. Os dois virando apenas um, em total comunhão. É difícil admitir, mas eu me sinto parte da rocha.

Integrado a ela, percebo um estado de vazio, mas não um vazio ansioso e sim um vazio que possibilita a criação. Criar a partir do vazio que gerou espaço, como resultado da fusão com outras formas de consciência. Uma viagem aparentemente maluca que me possibilita experimentar esse local de expansão. Por frações de segundos, sinto como se deixasse de existir. E isso é bom. No entanto, sou trazido de volta quando ouço:

— Vamos, volte.

Não sei quem fala comigo, não se apresenta. Mas, depois do que passei, não me surpreenderia se fosse a consciência daquele ser mineral, mas não posso afirmar.

A fala me tira do estado de integração, é quase automático. Sinto o corpo descolando das extremidades e caindo. Dessa maneira, retomo a forma usual. Ainda com os sentidos parcialmente alterados, em regozijo, vejo uma fenda quase imperceptível aos olhos. Toco-a para confirmar. Então, uso minhas mãos, forçando em direções opostas, para criar uma abertura maior. E pouco a pouco, a fenda vai aumentando, e assim, atravesso por meio dela. Ao atravessar, já do lado de fora, a pedra retoma sua forma original, com sua textura dura. Juro que, se alguém me contasse, eu não acreditaria. De volta à superfície, me coloco a apreciar à minha volta. A minha forma de perceber a mim e o todo era outra. Minha mente está calma. Fico sentado sobre aquela pedra, olhando para o nada, apenas contemplando o que antes não via.

Zonas neutras

Com os olhos fechados, sentado sobre aquela pedra, percebo algo me envolver. Não estou mais sozinho. Senhora Nevoeiro tinha chegado. Envolto pela névoa, eu me sentia seguro. A névoa me cobriu suave e lentamente. Me senti anestesiado. Naquele estado de tranquilidade, ouço a voz ressoando através dos meus sentidos.

— Vamos fazer um passeio. Te levarei a alguns locais na Terra. Fique atento a tudo, passaremos por locais especiais, conhecidos como zonas neutras.

— Zonas neutras? — não faço ideia do que ela está dizendo.

— Não tenha pressa, você irá entender — diz a névoa. No entanto, a visita será rápida. Armazene o máximo de informações que conseguir. Mais do que palavras, fique atento as suas sensações.

Depois dessa informação, sinto-me sendo levado dali. Flutuando, essa é a sensação, a primeira de muitas que imagino que sentirei naquela viagem. Flutuo livremente; é muito breve, mas marcante. Em seguida, quando volto a ver, me percebo olhando de cima, um local há alguns quilômetros do chão.

Olho em todas as direções, constato que estou sobre um deserto. Novamente em um deserto, mas agora vejo de cima. Não sinto a areia queimando meus pés. E não estou fugindo de tempestades.

Me pergunto o que será que ela quer que eu veja aqui. Será que não foi suficiente o que aprendi com a voz do deserto?

Vejo algumas pessoas caminhando lá embaixo, parece ser um local turístico, porque vejo também um monumento retangular composto por inúmeras construções individuais, não sei descrever ao certo o que são ou representam. Olho mais atentamente e vejo ainda que tem manchas mais escuras no solo, são três círculos, algumas pessoas estão deitadas no chão, dentro desses círculos. Não entendo o que acontece ali.

Observo por uns instantes mais aquele cenário; de onde estou, o silêncio impera até que senhora Nevoeiro registra aquela visão em mim, as sensações geram uma voz que decodifica o que me foi transmitido através das minhas sensações. Não sei como ela faz isso. É intrigante.

A informação que recebo é que aquele é o deserto do Gobi, localizado na Mongólia, um país que faz parte da Ásia. Segundo ela, é um local sagrado, uma zona neutra no planeta. Ali é possível acessar outras realidades, seres invisíveis aos olhos da maioria dos humanos desempenham um trabalho silencioso e de proporções imensuráveis para o equilíbrio da Terra. Em geral, são portais para outros mundos, outras realidades e existências. Portas dimensionais, ela afirma.

— Agora você terá uma experiência sensorial. Como disse, preste atenção ao sentir — diz ela.

Eu faço um gesto afirmativo. Não faço ideia do que me aguarda.

— Você irá experienciar o contato com a mancha no solo, aqueles círculos que viu aqui de cima — informa senhora Nevoeiro.

— Ok — respondo.

Soou um tanto quanto estranho, mas eu não tenho escolha. Pelo menos, matarei minha curiosidade com relação às pessoas que estão deitadas lá. Será minha oportunidade de saber como elas se sentem e talvez compreender porque estão deitadas ali.

No momento seguinte, me percebo deitado no centro de um dos círculos, com mancha de terra escura. Deitado de barriga para cima. Mãos e pés estendidos o mais largo possível. A princípio, não sinto nada além do meu estranhamento em ter que viver aquilo. Nunca tinha deitado na terra desta forma. O sol está sobre mim.

Algumas pessoas ocupam os outros dois círculos, e eu ali, sem ser notado, invisível. Isso me incomoda. Constato que passar desapercebido me causa estranheza. Em vida, eu sempre quis ser notado pelos demais.

Sou trazido de volta dos meus pensamentos pela senhora Nevoeiro. Ela chama minha atenção.

— Você está aqui para experienciar a troca com a terra ao qual está em contato direto. Não para relembrar sobre a sua insistente necessidade de aparecer. Você não tem tempo a perder. Concentre-se.

Nossa, ser mais direta do que isso é impossível, penso. Então retorno minha atenção exclusivamente para a experiência com a terra.

Demoro a sentir algo ou pode ser que o que demora é a sensibilidade sobre o que está ocorrendo. Muito sutil, porém marcante. Sinto a terra vibrando. Leves ondas reverberando em várias direções. Fico concentrado no movimento minucioso.

Em seguida, percebo uma forma de corrente elétrica percorrendo meu corpo, primeiro nas minhas costas, pernas e pés, depois no abdome, braços, mãos e cabeça. A vibração da terra também ocorre em mim. Depois de um tempo, vibramos juntos. Sinto como se cada órgão estivesse em mim, de tão forte que se torna a experiência. Eu pulso com a terra. Me sinto revigorado. Disposto. Como se tivesse sido reabastecido. É única esta sensação.

A partir dessa experiência, compreendo o que aquelas pessoas faziam deitadas no chão, naquelas manchas específicas de solo. Buscavam sentir algo especial ou até mesmo serem curadas de enfermidades, através daquela comunhão com a terra.

Não demora muito para a senhora Nevoeiro me trazer de volta à minha realidade, dizendo:

— Como este local, há inúmeros outros. Vou te mostrar alguns.

E dessa maneira, a névoa cobre minha visão, e eu sinto meu corpo sendo levantado. Quando enxergo novamente, não sei quão distante estou do local anterior, nem quanto tempo passou, mas sinto um pouco de tontura, não sei explicar ao certo. Queria entender como essas viagens ocorrem.

Agora o cenário é completamente diferente, vejo abaixo de mim árvores muito altas, em todas as direções, tem montanhas também, com neve em seus picos, simplesmente deslumbrante. Me pego contemplando o local, é encantador, o verde das árvores interagindo com o branco da neve, penso como eu nunca visitei um lugar assim. Perdido em meus pensamentos, sou trazido de volta pela informação que recebo.

— Você está em Monte Shasta, na Califórnia. Uma reserva florestal norte-americana. Este local também é um lugar de contato.

— Lugar de contato? — me pergunto o que será que isso significa. Como se a senhora Nevoeiro tivesse escutado meu autoquestionamento, responde de forma clara e objetiva.

— Fique atento. Vou te mostrar.

Estou suspenso no ar, envolto pela névoa, olhando a certa distância uma montanha que predomina na paisagem. Fico ali por um tempo, em silêncio, apenas observando o movimento das folhas, o voo dos pássaros. É tudo tão lindo.
De repente, a névoa movimenta meu corpo para outra direção. Agora estou de frente para a grande montanha. Fixo minha atenção. E não demora muito para eu ver saindo de dentro dela, próximo a sua base, sem qualquer ruído, um objeto grande, de formato tubular, sem janelas ou portas, de cor metálica. Aquilo me deixa espantado. Como é possível? Em plena luz do dia. O que seria aquilo?
O objeto é grande o suficiente para ser visto a quilômetros de distância. Nós estamos a alguns quilômetros da montanha e eu o vejo perfeitamente. Mas me dou conta que é um parque florestal, não tem casas ao redor. Logo, é provável que poucas pessoas o viram.
O objeto começa a subir, e em questão de segundos, com movimentos muito rápidos e aleatórios, some no horizonte. Não deixando nenhum rastro. Impressionante. É a primeira vez que vejo algo assim. É tão fora da realidade que é difícil acreditar no que acabei de testemunhar.

— Entendeu agora? — pergunta ela. — Estou me referindo a civilizações que vocês denominam extraterrestres.

Eu nem consigo mensurar meu grau de incredulidade perante essa informação. Eu estou perplexo. Eu próprio não acredito no que acabei de ver. Apesar de rápido, foi perfeitamente visível. Será que minha mente era tão pequena assim que ignorava todas essas outras realidades? Isso tudo não existia para mim até a minha morte. Em meio ao meu silêncio, ela continua.

— Eles estão aqui entre nós, desde o princípio dos tempos. A maioria de vocês se recusa a enxergar esta realidade.

É mais fácil negar do que investigar. Mas, neste lugar, não estão apenas os extraterrestres, diferentes civilizações estão presentes. Os intraterrenos, por exemplo. Monte Shasta é um local de contato entre múltiplas espécies. Uma zona neutra de muita relevância para compreender o que vocês denominam mistérios.

Eu não tenho condições para digerir. E, ainda assim, fui bombardeado com tantas experiências surreais desde a minha morte. Estou começando a ter a impressão de que o meu tempo como uma consciência humana deve estar no fim. Talvez essa seja uma explicação para a exposição a tantas coisas distintas que eu desacreditava por completo.

Sinto como se eles estivessem fazendo tudo que está ao alcance deles, para eu avançar no meu processo e não me perder no mar da ignorância. Diante de tudo que vi e vivi, posso admitir que eu não estava tendo muito progresso sozinho. E aí, após a minha morte, devem ter decidido intervir, para que eu de alguma forma tivesse condições de fazer novas escolhas.

Em meio aos meus pensamentos, sou transportado para outro lugar. A névoa cobre e descobre meus olhos, como diria aí, em um piscar de olhos; estou observando um novo cenário.

Agora estou imerso em um mar de águas. Vejo água por todos os lados. No entanto, percebo que não me afogo. Como se nadasse sem qualquer esforço ou talvez não precisasse nadar, a verdade é que não sei. Acho que estou integrado ao cenário. Emoções percebo aflorar em mim quase que instantaneamente ao aparecer ali.

— Água, o que será que estamos fazendo nessa imensidão? — me questiono.

— É assim mesmo, águas representam emoções, a fluidez ou estagnação em suas vidas, projetos, sonhos, desejos — diz senhora Nevoeiro. — É um elemento poderoso de cura — continua ela. — E você foi inundado por emoções muito profundas desde sempre. Escondê-las de si mesmo só atrasa o processo da ressignificação de suas memórias, gerando mais dor, sofrimento e aprisionamento.

Foi exatamente assim, mas não sei se antes eu tinha consciência sobre a enxurrada de emoções que me atravessavam. Lembrei de cenas da minha vida. Momentos que me marcaram. Acessei memórias as quais não lembrava. Fiquei emocionado. Infância, adolescência, vida adulta, tudo em mim, manifestado por meio de emoções. Impactante. E o mais intrigante era que, a cada emoção acessada, uma cor manifestava-se na água. De turvas, a marrom ou barrenta, às vezes, mesclando entre tons mais claros de azul e verde. Incrível acompanhar aquela mudança.

— Achou isso incrível? Deixa-me te mostrar o que não está vendo — diz ela.

Então, a névoa passa pelos meus olhos, bloqueando minha visão por instantes. Quando volto a ver, estou enxergando em escala microscópica, como se tivesse sido colocado uma lente de aumento em meus olhos. Posso ver com nitidez cada detalhe, detalhes que não podem ser contemplados diretamente pela visão humana.

Vejo pela primeira vez a molécula da água. É emocionante. Agora eu posso ver os microcristais que a formam. Uma belíssima surpresa diante dos meus olhos.

Com o tempo, observo que as vibrações que me atravessam, geram formas diferentes de cristais. Simplesmente surpreendente. Dependendo das minhas emoções, formam: tetraedro, hexaedro, octaedros, dodecaedros e inúmeras outras formas que não conhecia e não saberia descrever. E, assim, posso acompanhar a mudança de cor e de estrutura da água. Uma experiência surreal.

— Você está no lago Titicaca — diz ela, me trazendo de volta da minha contemplação. — Ele banha parte do Peru e da Bolívia, está na divisa desses países. É um dos maiores lagos da América do Sul. Abriga inúmeros segredos, entre eles vida inteligente intra-aquática.

— Como é que é? — sai impulsivamente, não consigo controlar.

— Sim, seres inteligentes habitam nas profundidades de inúmeros lagos e oceanos. O Titicaca é um deles. Os locais onde se tem importantes fontes de água são objeto de estudos e interesses desses seres. A água é um elemento em comum entre diversas civilizações; portanto, um elemento de estudo.

Agora nem sei o que dizer. Nem sei se sei o que perguntar. Diante disso, decido me calar, enquanto meu ser digere essa informação que para mim soa totalmente descabida e irreal. Pensando bem, eu tinha visto um objeto tubular enorme saindo de dentro de uma montanha. Por que não, seres vivendo debaixo d'água?

Minutos em silêncio. Me pego observando o movimento debaixo da água, ainda posso ver a estrutura da molécula d'água. Como é lindo tudo isso. Estou rodeado por um outro mundo. Um mundo, até aquele momento, completamente invisível para mim. Estar ali e ter a oportunidade de contemplá-lo foi algo ímpar, simplesmente indescritível. Eu estou emocionado.

Percebo que tudo ao meu redor fica embaçado, não me dou conta de imediato, mas instantes depois constato que é a névoa me cobrindo novamente; pelo visto, o tempo aqui debaixo d'água se encerrou.

Internamente, agradeço ao lago Titicaca por aquela experiência. Foi um movimento natural como o ato de nadar, eu não fiz esforço, apenas ocorreu. Uma ação que estava para além do meu consciente.

Quando volto a enxergar, dessa vez eu conheço o lugar. Nunca estive ali, mas vi nos livros de história. As misteriosas pirâmides do Egito.

— Nossa, como são imponentes. Uma visão impactante aqui de cima.

— Aqui o que importa não são as pirâmides, mas sim o que elas guardam — diz a névoa.

— Desculpe, não sei se entendi — digo intrigado.

— As pirâmides foram construídas para sinalizar um campo de conexão muito poderoso com povos de outras estrelas, povos que desde os tempos remotos observaram e observam a civilização humana — fala ela.

Eu ouço atentamente. São tantas coisas sendo ditas e mostradas que nem sei de que forma isso me ajudaria. Tudo isso parece tão distante da minha realidade. Não consigo entender, preciso de um tempo para processar ou simplesmente deixar minha mente esquecer, para que eu volte a minha ignorância.

— Sei que tudo isso não existia para você enquanto "vivo". Apesar de estar tudo lá, você simplesmente não acessou. E, sim, eu sei que isso foi tudo muito distante da sua realidade. E precisou morrer para viver o que esteve fora do seu radar a vida inteira, mesmo tudo isso estando ao seu redor.

Ao ouvir isso, me dou conta de que tive uma vida medíocre. Vivi tão pouco em termos de experiências. Carreguei valores tão castradores. Estava cego mesmo enxergando. Deixo meus pensamentos de lado e retorno minha atenção para as pirâmides. É quando sinto ela dizer:

— Agora você irá andar por baixo delas, para entrar em contato com o que realmente interessa nessa zona.

Nem deu tempo de questionar o que ela estava dizendo. Instantaneamente sou translocado para o mundo subterrâneo das pirâmides.

O mundo subterrâneo

Vejo vários túneis, um deles me chama atenção como se algo nele me atraísse. Sigo o impulso e caminho por ele. Apesar de ter reduzido a claridade, é possível enxergar perfeitamente. Então, sigo explorando aquele universo até então desconhecido.

— Nossa. É possível se perder aqui. Tantos caminhos. Nunca imaginei algo assim debaixo da terra.

Estou imerso nesse universo quando sinto uma presença. Ao olhar para o meu lado direito, vejo materializado um senhor baixo, quase com a estatura de um anão, muito branco, vestido com uma espécie de túnica bege. Me assusto ao vê-lo. Solto um grito. Sinto um arrepio gélido me atravessando. Passado o susto, me questiono o que aquele homem faz ali.

— Olá — diz ele, com um semblante pacífico — Seja bem-vindo.

Como é possível ele me ver? Ele tem um corpo físico. Está vivo. Era ele quem deveria se assustar com a minha presença, mas, no fim, sou eu quem estou assustado. Eu deveria ser a assombração naquele contexto; no entanto, fui eu quem ficou em estado de choque. Não consigo falar depois do grito que dei ao vê-lo.

— Está tudo bem — diz ele. — Eu estou aqui para conversarmos. Sou um intraterreno, moro no mundo subterrâneo. Eu e muitos outros.

Eu não sei o que dizer. Estou emudecido. A presença dele gera um estado de mudez em mim. Mesmo que eu quisesse, eu não conseguiria falar. Ao mesmo tempo que estou estarrecido, estou também inebriado, acho que é a presença dele. Ele parece especial, não é um humano comum.

— Eu sei — prossegue ele —, gera um forte impacto esse primeiro contato. Mas imagino que se chegou aqui é porque passou por alguns outros encontros tão desconcertantes como esse, estou certo?

Apenas balanço a cabeça em sinal afirmativo. Me pergunto como alguém pode viver debaixo da terra. Para mim é algo inimaginável. Aquelas paredes gélidas, terra por toda parte, lugares apertados.

— Tem muito mais para você ver — diz ele, como se estivesse lendo meus pensamentos. — Apenas começamos.

Eu estou sem reação. Então, ele me convida para caminharmos, eu sigo atrás dele por entre aqueles túneis. Parece um verdadeiro labirinto. À medida que adentramos, os túneis vão ficando mais largos. Muitos caminhos se apresentam. Eu me perderia facilmente ali. Aos poucos, vou saindo do estado de perplexidade e me conectando com aquele ambiente. E, dessa forma, vou sendo contagiado por uma quietude sem precedentes. Eu estou em paz.

Depois de um tempo em silêncio, caminhando devagar atrás daquela figura com um semblante amável, cuja presença me faz sentir entorpecido, ele fala outra vez.

— Fazemos um trabalho muito importante aqui embaixo. É um trabalho invisível e silencioso que reverbera por quilômetros de distância. De alguma forma, contribuímos para a manutenção do equilíbrio do planeta.

Me pergunto por que ele está falando no plural se só tem ele e eu aqui. Quando encerro meu pensamento, tenho a resposta para minha pergunta. Eu, que estava perplexo, fico atônito. Não podia acreditar no que estava diante de mim. É impossível.

— Não pode ser real. Estou de frente para uma cidade imersa nas entranhas da terra. Não posso acreditar no que estou vendo. É verdadeiramente um mundo subterrâneo. Levo um momento para aceitar o que vejo. É impressionante, tudo aquilo debaixo da terra. Difícil definir se o que mais me impressiona é a cidade ou as pessoas vivendo ali. Tem humanos de carne e osso. Um pouco menores de estatura, mas são humanos como eu fui.

Chocante. Não tenho reação. Fico paralisado observando o movimento. Um milhão de pensamentos em uma fração de segundos. Isso nunca imaginei ser possível. Quão distante da realidade que vivi.

— Somos veladores silenciosos — diz ele. — A maior parte das nossas vidas passamos meditando, assim, elevamos nossa vibração e consequentemente, a vibração ao nosso redor. Ativamos os devas e os elementais que nos cercam, gerando um campo de harmonia que se propaga para a superfície por ressonância, reverberando no ambiente e em tudo que o compõem, incluindo os humanos que vivem lá em cima. Isso permite que os devas dessas pessoas mudem de frequência, elevando-se.

Veladores silenciosos? Nunca ouvi falar, penso eu, ainda sem conseguir dizer nenhuma palavra. Meditação também foi algo que nunca fiz em vida, muito distante do que aprendi. Não compreendo o valor que isso tem ou de que forma possa ajudar a civilização. Como imaginei, ele era capaz de ler meus pensamentos, então a comunicação prosseguia.

— Pois bem, meu rapaz, a meditação é uma prática de harmonização dos seus corpos, para além do físico e do seu corpo mental, se trata de um contato mais profundo com o ser sábio que te habita. Por meio dela tem-se a expansão da consciência. Sua prática é uma forma de encontrar as respostas que procura diretamente na fonte, sem intermediários. Se trata de você acessando o seu saber cósmico. A concentração ajuda a mente a aquietar, o que possibilita ao chacra cardíaco captar a energia presente nesses corpos, alinhando-os, tendo acesso a uma nova frequência vibracional. De uma maneira bem simples, a meditação pode ser definida em um primeiro nível, como uma autofaxina. Em seguida, um exercício de autoconhecimento que à medida que a integra como parte do seu viver, a meditação te conduz para o seu autodespertar.

"Aqui praticamos meditação na maior parte do tempo", acrescenta ele. "Meditar é parte da função que desempenhamos no planeta. E, como deve ter notado, a comunicação é telepática. Temos a habilidade de falar, pois somos humanos, mas escolhemos nos comunicar através da telepatia. O silêncio reina neste mundo."

Agora que ele disse, me dei conta, é verdade, de que não ouvi nenhum barulho além da voz dele desde que vi a cidade na minha frente. Muitas pessoas caminhando, outras meditando, e o silêncio impera.

Ele continua aquela espécie de monólogo.

— Como nós, existem muitos outros grupos e cidades intraterrenas por toda a Terra. Há túneis que interligam continentes inteiros. Vivemos em paz. Escolhemos esse modo de vida, pois em nosso processo evolutivo nos integramos à natureza, sabemos que ela provê tudo de que precisamos, então retribuímos gerando luz para o planeta e, por meio dela, amenizamos pontos de tensão, de disputa de poder, de ódio e de guerra.

Uau... Isso me surpreendeu. Enquanto fazemos guerra, geramos morte, medo e miséria lá em cima, eles estão aqui embaixo focados em propagar paz e harmonia. Quão atrasados estamos.

— Há tempo para reverter o colapso da civilização humana — prossegue. — Como já aprendeu, escolhas criam. Sair da culpa, do remorso, do vitimismo, compreender que, em algumas situações, a sombra trabalha para a luz no sentido de impulsionar vocês a viverem e experienciarem a melhor versão de si mesmos, é um grande passo em direção à criação de uma atmosfera de paz. A forma para qual evoluir é uma escolha individual; no entanto, o processo evolutivo é compulsório, vocês podem escolher evoluir pela dor ou pelo amor. Essa é uma máxima que atravessa o tempo.

Fico pensativo. Eu me sinto desconcertado.

— Agora vamos — diz ele. — O que tinha para aprender e ver aqui acabou, vou conduzi-lo para a superfície.

Em mim, partes gritam. Por favor, me deixe aqui. Não quero encarar o que está lá em cima, penso eu.

A verdade é que me senti acolhido e protegido naquele ambiente, ao lado daquela figura. A paz reverberava nas entranhas da Terra. Logo eu, que venho de um lar onde tudo está relacionado ao subterrâneo está associado ao Inferno. Quanto antagonismo. Acabo de descobrir que é debaixo da terra de onde saem quantidades massivas de energia para amenizar o inferno que criamos e vivemos na superfície. Sem conseguir dizer nenhuma palavra, mesmo tendo um universo a ser dito, o sigo em direção à saída.

Integrando Vivências

Agora de volta à superfície, sou envolvido pela névoa mais uma vez. Aparentemente, senhora Nevoeiro aguardava o meu retorno. Não tive tempo para permanecer ali ao lado daqueles monumentos históricos, as pirâmides. Instantes sem saber onde estou; de repente, escuto:

— Agora sabe que muitos mundos existem, incontáveis formas de viver e existir. O fato de você desconhecê-los não garante que você seja a espécie mais evoluída ou inteligente do planeta. Visto que você constatou que nem a própria Terra você conhecia, mesmo tendo morado nela por quatro décadas.

"Enfim, já sabe agora que a vida na Terra não se resume à inteligência humana e que, mais importante que isso, os humanos não são os seres mais inteligentes. Isso porque não se trata de uma régua que mede o mais ou o menos a inteligência, como vocês ensinam e acreditam. Trata-se de que forma determinada consciência — seja um mineral, seja um animal, seja um intraterreno ou um extraterrestre — contribui com o planeta, com o cosmos. De que forma você foi uma contribuição para a Terra ou para si mesmo?"

Aquela pergunta foi como um soco na boca do estômago. Doeu. Desejava que tivesse sido uma pergunta retórica. Eu permaneço calado, não tinha como responder, então ela segue dizendo:

— E se você se pergunta de que forma saber tudo isso pode te ajudar, eu te respondo também — ela parece inspirada.

Um breve silêncio, então a ouço outra vez:

— Isso representa expansão de consciência; uma vez que você não viveu isso na Terra enquanto humano, está tendo a oportunidade de experienciar agora enquanto espírito. Isso te possibilita evoluir enquanto a consciência que é, pois, para muito além de um corpo físico, você é centelha divina, criador e criatura, simultaneamente. E sem expandir sua consciência você ficará aprisionado nos hologramas de dor, sofrimento, autopunição, vitimismo etc., paralisado nesta linha do tempo, desperdiçando a vastidão de experiências encantadoras que estão disponíveis para serem vivenciadas e, o mais grave, atrasando a evolução de outras partes suas.

"Se conectar com outras existências e realidades te liberta da prisão do medo, da ignorância, da repetição de padrões, das disputas de poder, da limitação enquanto ser que cocria a própria realidade.

"Saber e acessar outros mundos faz parte da sua aprendizagem como alma. Experienciar é parte da sua essência enquanto consciência.

"É tão simples," continua ela, "você cocria sua existência através de seus pensamentos, palavras, visualizações, hábitos alimentares, seu modo de vida, o modo como se relaciona. Vocês constroem o planeta que habitam através do que emanam. E, se está ruim viver por lá como humano, você agora já sabe o porquê.

"Isso ocorre porque a raça humana se comporta como um deus, o *Homo deus*. Como se fosse um ser supremo que habita o planeta, delegando às outras espécies o título de inferioridade. Te convido ao exercício de reflexão com relação ao fato de a Terra estar povoada por tantas espécies. Seria um mero acaso?

"Vocês, humanos, devem exercer um lugar de conhecimento e saber por meio da pesquisa e da observação constante da natureza, no entanto, combinado com um comportamento de humildade, pois na escala do tempo vocês foram os últimos a ocupar esse planeta, e está claro que existe uma inteligência operando nesse eterno movimento de expansão e contração e, definitivamente, não são os humanos. Vocês são apenas parte da engrenagem."

E, dessa forma, encerra o encontro me deixando sozinho.

O RETORNO À MINHA COCRIAÇÃO

Depois de estar em minha própria companhia, revisando todo o vivido, aprendido, visto, experimentado por um período que eu não sei mensurar, subitamente ouço uma voz rouca que reconheço de imediato:

— Agora é a minha vez — diz o senhor Capa Preta. — Sou eu quem lhe farei companhia.

Eu não estou na posição de questionar nada. Apenas balanço a cabeça, informando que tudo bem.

— Como tem sido suas experiências por aqui, meu rapaz? — pergunta ele.

Fico um instante em silêncio, procuro uma palavra para expressar com veracidade o que tenho vivido.

— Intenso e intrigante — respondo eu, passando de contemplativo a totalmente desconcertado, muitas sensações em pouco tempo. — Estou tentando desvendar o que aconteceu. Partes em mim continuam negando o que vivenciei. Estou começando a acreditar que enlouqueci.

— Saiba, meu rapaz — diz ele. — Você nunca esteve tão lúcido na sua vida. Sei que é muito impactante tudo que recordou enquanto consciência, mas as memórias irão aparecendo pouco a pouco, confie no seu saber e conecte-se com o que contribui com sua expansão. Esse é um bom termômetro.

"Agora deixe-me fazer o que vim fazer", prossegue ele. "Estou aqui para compartilhar informações importantes. As experiências que viveu poderá ou não compreender, depende do quanto está desejoso de mudanças." E solta uma gargalhada que me faz estremecer. A gargalhada ecoa fortemente, é um tanto assustador. Ele sabe que sua presença causa medo e agora descubro que sua gargalhada também. Ele ignora o meu medo e volta a falar.

"Saiba que não existe mais a necessidade de permanecer na dor e no sofrimento, na culpabilidade ou no remorso. É possível a libertação e o despertar consciencial para viver uma vida plena e harmônica, independentemente de qual forma de vida você ocupe. Mas, para que isso seja alcançado, é necessária muita autobenevolência, afinal de contas, você precisa aceitar suas sombras. Rejeitá-las ou negá-las não irá contribuir com o processo."

Me dou conta que eu não fui muito bondoso comigo em vida. Eu era escravo do dinheiro e da opinião alheia.

— Ademais — continuou ele —, você constatou que existem incontáveis formas de vida, a humana é apenas uma delas. Você pode ficar preso nesta experiência, acreditando que apenas a raça humana é uma espécie evoluída, ou fazer sua parte para expandir para além do imaginável, alimentando sua alma para quem sabe um dia compreender os mistérios que possibilitam retornar à grande alma.

Seguimos caminhando lado a lado. Sua voz é penetrante. Não consigo definir o que é mais impactante, a presença daquele ser ao meu lado ou o que ele está dizendo.

Seu Capa Preta interrompe meus pensamentos e segue falando:

— A ideia de ascensão do espírito baseia-se na jornada de reconexão dos seus fractais rumo à grande alma que vocês denominam Deus, fonte primordial, divino, o arquiteto do universo, entre tantos outros nomes. Afinal de contas, você é muitos.

Ele deve ter visto meu semblante de incompreensão e esmiuça a afirmação de que eu sou muitos.

— Pois bem, você é uma fração de uma consciência muito maior denominada em algumas culturas mônada ou supramônada. Vindo de uma ou outra, não importa, você vai se fragmentando em um movimento descendente, de cima para baixo, para viver essa experiência humana. Mas outras partes que compõem essa mesma estrutura denominada mônada estão espalhadas pelo universo vivendo cada qual sua experiência. Experimentando o Todo cada um à sua maneira. A ideia é que cada fractal vá alimentando a alma com diferentes experiências. No entanto, alguns ficam presos, como você, e precisam de uma ajudinha para recordar o caminho de ascensão para reintegrar-se à totalidade.

Não sei se eu fico feliz com a informação. É bem mais complicado do que eu imaginava. Na verdade, nunca imaginei algo do tipo. Minha feição de perplexidade é ignorada por ele, que segue o seu raciocínio.

— O problema é que, como você é parte de um todo, outras consciências estão envolvidas mesmo que indiretamente no seu resgate para que ocorra a ascensão delas. Como uma grande teia, onde tudo está interligado. Uma interdependência. Onde cada um desempenha uma função. E, se você fica perdido em seu *loop*, atrasa o processo de outras consciências ligadas a você, que precisam desempenhar a função delas.

— Eita, agora pesou — digo eu. — Isso quer dizer que minhas escolhas não interferem apenas no meu processo evolutivo, mas em outras partes que provêm da mesma origem?

— Exatamente. Elas podem, assim como você, escolher. No entanto, esse processo demanda energia tanto para reconectar-se à fonte suprema, como para gerar a desconexão do fractal das estruturas maiores e mais complexas que os compõem.

"Mas voltando, a primeira etapa é a reconexão. O ideal era que ocorresse em vida, mas quando não, como no seu caso, se dá com a morte do corpo físico. Uma vez desprovido da sua carcaça 3D, é chegada a hora de relembrar, reencontrar, religar, acessando o que foi esquecido no período em que sua consciência recebeu um corpo humano e foi viver a experiência na Terra. Basicamente, o que você tem vivido aqui, desde que chegou, está recordando o que sua alma já sabia. Contudo, a morte do corpo físico também não é uma garantia da reconexão, lembre-se: todo ser humano tem o direito ao livre-arbítrio.

"O contato com outras formas de consciência ajuda a desconstruir o conjunto de crenças, informações, julgamentos, dogmas, pontos de vistas e hologramas trazidos. Como sua experiência em vida física foi praticamente nula nesse aspecto, você a viveu no pós-morte como uma tentativa de impregnar no seu campo etérico outras percepções, outros conceitos e outras verdades. Por isso, essa avalanche de experiências demonstra o quanto você teve uma experiência restrita.

"Mas chega de papo fiado. Agora chegamos à parte que eu mais gosto. É o momento que você começa a trabalhar. Fico feliz em informar que o passeio acabou, meu rapaz." E então solta outra gargalhada tremendamente assustadora, que ecoa em todas as direções. Eu, pego de surpresa novamente, estremeço por inteiro.

— Chegou o momento de você colocar em prática o que aprendeu — segue ele dizendo. — Agora só depende de você. Tenha a coragem de se enxergar, de se perdoar, de transmutar a si mesmo, chegou o momento de cuidar de você sem transferências. Mas, você já sabe, tudo são escolhas. Sem dizer mais nada, apenas passa sua capa sobre mim. Instantes depois percebo tudo escuro ao meu redor, não vejo nada além da escuridão. Um cheiro forte e ardido invade minhas narinas, talvez seja enxofre, mas não posso afirmar. Começo a ouvir vozes, vai ficando mais alto o barulho, é quase ensurdecedor. Agora volto a enxergar. Vejo vultos, eles me atravessam, sinto uma agonia sem fim. Vultos e pessoas presentes no mesmo local. Há tempos não sentia algo que gerasse tanto mal-estar.

Olho para o lado, não vejo o senhor Capa Preta. Leva um tempo para aceitar, mas acredito que, pelo que foi dito, agora eu estou à minha própria sorte. Sinto medo, muito medo. Não sei o que fazer. Estou acuado. A primeira coisa que me vem à mente é que a orientação terminou e chegou a hora de colocar em prática o que me foi ensinado, transcender a dualidade através da luz, exercendo a maestria sobre a disputa de poder e a harmonização da polaridade interna entre o bem e o mal.

Não sei por onde começar, sinto um ar gélido e fétido na atmosfera ao meu redor. São milhares de vultos. É difícil quantificá-los. Seres inquietos, alguns lamentando-se, outros brigando; vejo também que muitos estão furiosos, depressivos, apáticos. É um cenário de tristeza, ira e indignação. Algo dispara dentro de mim. Sinto que todos aqueles sentimentos são familiares. Me dou conta que eu os carreguei uma vida inteira, estou atraindo o que ressoei. É isso que eles ensinaram, atraímos o que ressoamos, penso sozinho.

Simultaneamente àquela constatação, uma pergunta sobressai em meio ao meu pavor: será que desta vez conseguirei ser o protagonista da minha existência, independentemente da forma em que existo, ou ficarei mais uma vez preso a esta realidade?

É difícil aceitar, mas é dessa forma que retorno a minha realidade cocriada enquanto humano. Havia muito a transmutar. Como? Me foi ensinado até ali que cabia a mim decidir.

Face a face comigo

A impressão é que estou aqui há semanas. Como é difícil ressoar algo diferente em meio a esse mar de almas em sofrimento. É quase enlouquecedor. O conhecimento recebi, mas a aplicação é um tanto quanto desafiadora.

Os ensinamentos me atravessam assim como aquelas almas. Todas as novas verdades às quais fui apresentado reverberavam em meu ser. Cabe a mim juntar as peças e montar o quebra-cabeça. Consciente estou. A morte me cerca, mas dela já provei. E aprendi a não a temer, e sim transcendê-la. A morte sempre foi um tabu. Agora tento encontrar maneiras de aprender com ela.

Percebi que ao longo do processo começo a perder o formato de humano. Será parte da evolução? Devo deixar a forma humana para trás? Estou surpreso. Consigo pensar mesmo com todo esse zumbido e lamentações ao meu redor. Olho com frieza. Talvez eu tenha construído uma barreira. Isso é bom, afinal de contas, me ensinaram que cada um é responsável pelo seu processo.

Pelo que falaram, existem inúmeras forças disponíveis para ajudar — consciências, dizem eles —, mas o livre-arbítrio é algo que deve ser obrigatoriamente respeitado. E, ainda assim, não são eles quem irão fazer, eles fazem através da minha ação, intenção e dedicação. Se entendi bem, a ajuda é consequência do meu comprometimento com o meu processo. Se eu não fizer nada por mim, não são eles quem poderão fazer.

Fico impressionado por conseguir organizar meus pensamentos naquelas condições. Algo mudou. Será que foi a passagem por aqueles lugares? Será que foi o contato com as diferentes formas de vida? Todas aquelas experiências mexeram demais comigo.

Vez ou outra, uma consciência me atravessa; era agonizante. O cheiro, as sensações, o murmúrio, tudo muito denso e intenso. Eu percebo como ainda estou ressonante. Tudo me atinge em cheio. Isso me distrai por um tempo; e, quando percebo que estou me afundando com aqueles seres, forço-me a retomar o meu raciocínio.

Levei um tempo até compreender que a força deles sobre mim diminuía à medida que eu me concentrava em construir soluções para sair dali. Focar soluções, abandonar as lamentações, eu repetia para mim. Foram décadas desperdiçadas, agora é tempo para fazer diferente.

Soluções... soluções... soluções... nem sei quanto tempo passei repetindo isso, talvez dias ou semanas. Aqui tudo parece durar uma eternidade.

O processo é lento, por vezes eu me irrito, arrumo uma briga. Me perco. Como farei?, me questiono. Perco a esperança inúmeras vezes. Oscilo entre cocriar o novo e permanecer no velho. Isso me consome em meio a este vale de almas penadas.

Como posso julgá-las se sou uma delas? Do contrário, eu não estaria aqui. Talvez a diferença seja que agora eu sei que quero sair daqui, que há tantas outras possibilidades, e que eu quero vivê-las. Desconstruir foi necessário, e construir é fundamental. Sigo tentando.

Algo dentro de mim traz uma informação. A voz diz:
— Medite.

Meditar? Como é possível em meio ao caos que me cerca?, é primeira coisa que penso, e em seguida me dou conta que eu ainda estou envolto por crenças limitantes.

A voz diz outra vez:

— Medite. Não permita se distrair. A prática trará bons frutos.

Eu, sem saber se ouço ou não. A verdade é que eu não sei como começar. Volto o olhar para a confusão que me cerca. Decido pelo menos tentar. Procuro um lugar menos afetado por aquelas almas. Fecho os olhos para o que me cerca. Sento-me de coluna ereta e tento focar em mim, no que eu quero, que é sair dali, transcender aquela realidade.

No começo é difícil, eu fico irritado a cada alma que me atravessa. Isso me desconcentra, me tira do meu foco. Por isso, recomeço o processo inúmeras vezes. Eu me esforço para mentalizar as boas experiências, as sensações de plenitude, de bem-estar, de integração as quais vivenciei. É desafiador.

São muitos dias praticando, talvez semanas. Às vezes percebo progressos, outras não. Mas o fato de seguir tentando é algo que me surpreende. Eu não tinha persistência, foi algo que adquiri aqui após a minha morte com tudo que me atravessou.

Apesar da persistência, eu estou desacreditado. Não confio em mim o suficiente para sair deste cenário. Eu me sinto cada vez mais esgotado. Estar em meio ao cemitério de almas é demasiado severo. Me sinto constantemente drenado. O meu humor altera o tempo todo, não ser afetado pelo que me rodeia é impossível nas minhas condições atuais.

Eu aprendo que não tenho outra opção a não ser fazer a minha parte, mas estou sendo absorvido pelas lamúrias, inferioridade, soberba, angústia, raiva.

Decido tentar novamente. Mais uma vez, penso eu.

Percebo com as práticas que me sinto menos afetado quando estou em meditação. O problema é sustentar o processo, demanda muito e não me sinto preparado. Entre uma memória e outra, me forçando para harmonizar-me em meio ao caos, eis que dessa vez sou surpreendido pela presença de alguém com quem já estive. Eu o vejo não ali naquele inferno ao qual estou inserido, mas no local que construí meditando. Ele está na minha mente.

— Centurião Centauri, o que faz aqui? — pergunto com alegria ao vê-lo.

Até então, eu não tinha visto ninguém durante as práticas. Aquilo me enche de esperanças. Ao mesmo tempo que me alegro, sinto vergonha. O nosso último encontro não foi legal.

— Eu vim para checar como está se saindo neste seu exercício de aprendizagem — responde ele.

— Exercício de aprendizagem? — digo eu. — Por favor! Conheço formas mais fáceis de aprender.

— Eu também — responde ele. — No entanto, cada um vive aquilo que carrega como crenças, valores, dogmas, inclusive do lado de cá. Portanto, se ainda está aprisionado com elas é porque você se conecta com o que essas almas reverberam. Existe sintonia entre o que você carrega como verdade e o que elas emanam. Aí está o elo.

— Então, sair desse lugar será mais difícil do que imaginei — digo desapontado.

— Calma — diz ele. — Você está aqui justamente porque acreditamos em você, na sua capacidade transformadora. Acredite, há lugares muito piores.

Fico feliz ao ouvir aquilo. Me traz ânimo novamente. Por instantes, me sinto aliviado.

Aproveito para me desculpar.

— Centurião Centauri, quero te pedir desculpas — digo quase gaguejando de nervoso. — Eu o desrespeitei na última vez que nos vimos.

— Desculpas aceitas. O importante é que você está fazendo diferente do modo que estava habituado — diz ele — e isso é passado. Eu nem lembrava mais. Agora, deixa-me explicar melhor a situação aqui — continua ele em tom sério, retomando o assunto anterior. — Basicamente, eu quero dizer que, enquanto compartilhar com elas sentimentos como pena, dó, culpa, agonia, você está ressoando na mesma frequência, portanto, permanecerá aí. Mas, além disso, tem algo também muito importante que precisa saber, é por isso que estou aqui. Vim para te informar que você está cercado de suas próprias partes.

— Como é que é? — digo impactado com o que acabo de ouvir.

— Sim, partes suas de outras dimensões, tempos e existências. Elas estão em sofrimento e precisam ser esclarecidas e encaminhadas. Assim como você, elas também têm o direito de seguir o caminho delas. Lembre-se da lei do livre-arbítrio.

— Eu não entendi — falo, esperando não ter ouvido o que acabo de escutar.

— Pois bem, você aprendeu que você é muitos, no sentido que tem inúmeras partes suas espalhadas pelo universo vivendo realidades distintas ou similares, certo?

— Certo — concordo, apreensivo.

— Então, você está rodeado por fractais que pertencem à mesma mônada, lembra-se disso, né? A estrutura grande e complexa da qual você faz parte — diz ele.

— Sim, lembro.

Ele prossegue.

— Isso representa que você está literalmente no seu inferno.

Eu me sinto atravessado por um raio, sendo eletrocutado com aquela revelação. Fico fora do ar, não sei o que dizer nem o que pensar. Aquilo me pega em cheio. Ainda em estado de choque, escuto ele dizendo:

— Por isso sua tarefa aqui é dialogar com esses seus fractais e encaminhá-los. Lembrando: respeitando sempre a possibilidade de cada um. Assim sendo, alguns irão para zonas inferiores, outros poderão ir para zonas menos densas, enfim, cabe a você trabalhar com eles para se libertar e libertá-los de você. Afinal de contas, está tudo interligado. Não é só você que se sente invadido, em certa medida se sentindo ameaçado; eles também se sentem assim. Você também atua no campo deles consciente ou inconscientemente, afetando-os direta ou indiretamente.

Caramba, eu estou sem reação. A felicidade gerada ao vê-lo se desfaz por completo. Em meio àquele bombardeio de revelações, um pensamento ecoa em mim: o que eu estou vendo pode ser um sonho, pois eu estou em meditação; posso estar alucinando, penso, esperançoso.

— Sinto muito, isso não é um sonho, tampouco uma alucinação — afirma ele. — Mas cabe a você decidir o que fará com essa informação, se lamentar ou agir. Adeus, meu rapaz.

E assim Centurião Centauri some do meu campo de visão.

Descobrindo o contato

Devo admitir que aquela visita foi totalmente frustrante. Eu queria que alguém me tirasse dali. Um salvador, alguém que viesse em meu resgate, e não o oposto, eu mesmo ter que fazer os resgates. Isso soava trabalhoso demais. Até mesmo porque eu não sabia como proceder.

— Estou cercado das minhas próprias partes. Ora... Não poderia ser mais sarcástico — penso em voz alta.

Eu me sinto desconcertado. Aquela conversa me arrebatou. Passei um tempo reflexivo, processando. Em meio a isso, passei a observar atentamente aquelas almas, agora sem julgá-las; apenas na condição de observador. Elas são partes minhas, compartilhamos mais do que imaginei, eu pensava.

Meu olhar agora busca compreender as razões, as escolhas, as experiências de cada uma delas. Agora, quando uma ou outra me atravessa, não mais me irritava. Me questiono se elas têm tantos remorsos quanto eu; se carregam tantas feridas abertas; se também viveram tão pouco.

Saio da reatividade. Em alguma medida, passo a sentir compaixão. Me dou conta que o que me cercava continuava apresentando a mesma desordem inicial, quem estava diferente era eu. Estava mergulhado em mim, revisando o saber adquirido, considerando maneiras de utilizá-lo.

Em meio àquela busca, escuto:

— Continue, você está no caminho.

Me emociono ao ouvir. Não sei quem disse, pode ter sido minha intuição. Mas, independentemente disso, foi importante receber aquela confirmação. Representou um alento em meio ao mar de dúvidas que eu me encontrava.

Passado o período inicial, me concentro em usar ferramentas que foram compartilhadas quando estava no centro de reabilitação, visualização e comandos. Eu não faço ideia se vai funcionar, mas eu preciso testar. Eu ainda tenho esperanças de deixar este lugar.

Então, penso em uma maneira de pôr em prática. Bom, se não consigo sustentar o estado de meditação por longos períodos, mas sabendo que quando pratico me sinto menos afetado pelo meio que estou, vou meditar o quanto conseguir, e em seguida vou trabalhar de forma individual com os fractais, usando a frequência produzida no estado meditativo, e observar o que acontece.

Assim o faço. Medito o máximo que consigo. Eu estou ansioso, mas coloco em prática o plano. Procuro entre as almas uma menos atormentada e menos agressiva dentro das que enxergo, escolho uma e me aproximo dela. Eu estou inseguro e apreensivo. Isso atrapalha bastante; de qualquer maneira, sei que preciso tentar. Aos poucos, quem sabe, eu vou adquirindo confiança.

Dessa forma, eu me ponho lado a lado com a alma que escolhi. E sem pensar muito, sei que se pensasse não agiria, me encosto nela, adentrando suas entranhas o mais rápido que posso. E agora, pela primeira vez, sou eu quem está atravessando um fractal, e não sendo a parte atravessada.

Eu não sei exatamente o que fazer. A impressão que tenho é que dura frações de segundos. Eu me assusto com as sensações que acesso naquele contato e saio tão rápido quanto entrei daquele fractal.

— Nossa... Se eu tivesse um coração, diria que ele estava saindo pela boca — e solto uma gargalhada.

No fim, acabou sendo engraçado. Fico feliz por poder rir de mim. Por outro lado, percebo que o caminho será longo, mas estava orgulhoso por ter dado aquele passo.

Passada a euforia, faço novamente, e de novo e outra vez. Meditando e atravessando corpos. Uma, cinco, dez vezes. Se torna meu alvo. Repetir a experiência até me sentir seguro suficientemente para usar a harmonia presente no meu campo em quem era acessado, e assim ver o que aconteceria.

Perco as contas de quantos fractais atravessei. Como resultado dessa prática, consigo aumentar gradualmente o tempo que fico dentro de cada um. No começo, ao atravessá-los, eu me sinto muito mal; as agonias daqueles seres são literalmente transferidas para mim. É horrível a experiência. Questiono várias vezes se devo continuar. Eu sempre saio pior do que entrei. Minhas forças são sugadas em frações de segundos. Assustador.

Ainda assim, continuo. Lembro-me da voz dizendo: "Continue, você está no caminho". Isso é um grande estímulo. E, pelo menos, não estou mais exclusivamente focado em mim, agora tenho um propósito, uma tarefa a executar. Alguma parte da minha alma sabe que eu estou me fortalecendo, mesmo que a passos lentos.

Em uma prática de meditação, sinto uma presença; há tempos que não a sentia. Solto um suspiro de contentamento ao percebê-la. Senhora Nevoeiro havia chegado. Lentamente envolve meu corpo, e eu a sinto dizendo:

— Parabéns! A primeira etapa foi concluída, apesar de estarrecido quando foi informado, deu início ao processo. Isso mostra autoconfiança, o que é essencial, porque denota que você se percebe como cocriador. Lembre-se sempre: o poder está dentro de você e não fora.

Uau... Senhora Nevoeiro veio me visitar. Eu estou muito feliz. Sinto que não estou sozinho. De alguma maneira, ela estava comigo. Aquilo foi uma confirmação e o suficiente para me devolver o ânimo. Depois dessa aparição, sei que mesmo indiretamente posso contar com ela.

Acessando Fractais

Estar novamente com a senhora Nevoeiro foi uma bela surpresa. Independentemente da duração do encontro, me abastece de coragem e confiança. É uma injeção de entusiasmo. Estou disposto a seguir atravessando almas, e descobrir esse tal processo de encaminhamento.

Volto a praticar. Uso a meditação antes e depois, ela me ajuda a reestabelecer o foco e a limpar meu campo das sensações e emoções com as quais entrei em contato, deixando em mim somente o que é meu, sem pesos extras. Passo por experiências mais leves e outras extremamente densas. Estou começando a aprender a discernir quais devo acessar e quais devo evitar.

O processo está ocorrendo em etapas progressivas, como bem disse a névoa. Imagino que eu estou aqui há mais de um ano. No início eu apenas conseguia atravessar as almas muito rapidamente. Ainda assim, sendo fortemente afetado pelo campo energético presente. Com a prática da meditação, foi possível aumentar o tempo de contato, mas com o agravamento de receber a descarga de sensações, sentimentos e emoções carregados. Quanto maior o tempo de permanência naquele fractal, mais eu era afetado. Isso me gera um mal-estar tremendo, tontura, náuseas, fadiga, esgotamento, letargia. Levava muito tempo para me recuperar.

Por último, tive progressos substanciais, acredito eu. Praticando a meditação antes e depois, pude recompor-me mais facilmente. Mas não era o suficiente. Percebi que o ideal era manter-me em estado constante de meditação enquanto realizava todas as fases, antes, durante e depois. Estava treinando, no entanto; era muito árduo, eu ainda não conseguia permanecer em estado meditativo por tanto tempo. Entrar no campo do outro me dispersava.

No momento atual, além de acessar, permaneço por um tempo maior e, depois do contato inicial em que sou banhado com as emoções predominantes, consigo transferir parcialmente as minhas sensações de tranquilidade e bem-estar, neutralizando mesmo que minimamente as angústias daquele ser. Funciona por um tempo muito curto, provavelmente menos que o necessário, mas, por outro lado, noto que o fractal acessa esse local de calmaria, o que por si só deve ser uma contribuição. Não é o suficiente, mas é um começo.

Isso traz paz ao meu ser, é um processo que me retroalimenta; quanto maior o bem-estar gerado com a experiência, melhor me sinto; mesmo cansado me sinto bem. Aos poucos vou me sentindo mais vivo. O estado de letargia que provei ao chegar está ficando apenas nas memórias.

A cada contato vivo experiências únicas. Estou suspeitando que as memórias que acesso têm relação com o que os aprisiona neste cenário. Alimentar o que se viveu enquanto dor, trauma, medo, ódio, mágoa, doenças, acidentes entre outros, cria um *loop* de aprisionamento. Digo isso porque acessei a mesma alma mais de uma vez. E vejo a mesma cena. Isso talvez seja uma informação importante para eu atingir o tal encaminhamento.

Algumas histórias me marcaram. Entre elas, a de um pai que se culpava pela morte do seu filho; a criança entrou em um barracão para brincar e acabou dormindo lá dentro. Durante a noite houve um curto-circuito e o barracão pegou fogo, matando o menino asfixiado. Como o pai não sabia onde o menino estava, não teve como retirá-lo de lá a tempo de salvá-lo. Então, a autopunição gerada por ele consistia em voltar ao barracão e morrer asfixiado com o filho, em um *loop* infinito. Mas o pai tinha outros filhos e a esposa, que foram completamente ignorados, gerando traumas, sentimento de rejeição e abandono dos outros membros da família. O pai desenvolveu uma depressão profunda que ocasionou sua morte depois de muitos anos, definhando sozinho em seu quarto.

Em outra história, o pai passou a odiar seu filho único, expulsando-o de casa, porque o filho se envolveu amorosamente com outros meninos na adolescência. Como resultado, o filho se punia por ser odiado pelo pai negando a sua sexualidade, o que o tornou agressivo com as mulheres que passaram pela sua vida. Já o pai teve uma morte lenta, com um câncer no estômago que se espalhou pelo corpo, o corroendo por inteiro. Eles nunca mais se viram desde que o filho saiu de casa.

Outra história muito forte, que me deixou desestabilizado, foi a de um filho que matou o pai por ganância. A mãe tinha morrido anos antes e o filho queria desesperadamente a herança do pai. O pai aguardava o processo de inventário, que leva anos na justiça. Então o filho, que desde a morte da sua mãe passou seus dias fazendo planos com o dinheiro dos pais para ter uma vida boa, se cansou de esperar, e em um ato de total desequilíbrio atirou no peito do pai. Depois que se deu conta de que matou o próprio pai, passou o resto da vida em um *loop* de culpa, remorso e agressão, tirando a própria vida anos mais tarde.

Após tanto ver e sentir, acho que me acostumei com o ambiente. O cheiro e os gritos não me incomodam mais, e minha forma mudou bastante desde que cheguei. Não tenho mais o formato de um ser humano. Devo estar mais próximo do que chamam de vulto, pois me sinto totalmente disforme. Confesso que isso me incomodou, mas tentei não dar tanta relevância, afinal de contas, não pertenço mais ao mundo dos humanos. Tenho que me acostumar com esse fato.

Assinatura Energética

Em meio a uma meditação, sou surpreendido por outra visita. Faz muito tempo desde a última. Sou envolto por sua capa; senhor Capa Preta me envolve e me informa que faremos um passeio. Não sei se fico feliz ou apreensivo, pois essas aparições sempre representam fortes ensinamentos. Mas, enfim, eu estou tendo uma oportunidade de respirar novos ares.

— Você tem se saído muito bem, meu rapaz. Estamos surpresos com o seu desempenho. Achávamos que levaria mais tempo ou que talvez ficasse preso em seu próprio *loop*. Bem, na verdade, eu achava isso.

A essa altura, fico apenas com o elogio. Ignoro a parte de que ele não acreditava em mim. O importante foi que eu acreditei, talvez pela primeira vez.

— Muito bem, vamos ao que interessa — diz ele.

Sempre muito direto ao ponto. Definitivamente, o senhor Capa Preta não é um ser amoroso. Mas, dentro do seu propósito, ele deve cumprir com suas demandas.

— Você, enquanto humano, tinha sua impressão digital, correto? — pergunta ele.

— Sim — respondo sem entender o porquê daquela pergunta, para mim totalmente aleatória.

— E recorda que ela era única, não é?

— Sim — respondo novamente de forma monossilábica.

— Cada ser humano tem a sua — diz ele. — Da mesma forma, você enquanto espírito ou consciência tem sua impressão digital energética, também chamada assinatura energética.

— Nunca tinha ouvido falar nisso — respondo.

— Suspeitei — retruca ele. — Ela é formada pela frequência e vibração dos corpos sutis, entre outros aspectos. É um registro do que você é, de onde vem, por onde passou, das suas memórias... e representa sua identidade no cosmos, independentemente da forma que tenha.

— Isso quer dizer que posso ser reconhecido em qualquer condição através dela? — perguntei.

— Exatamente. Pode ser reconhecido e reconhecer — acrescenta ele.

— E por que você está me explicando isso? — questionei.

— Você irá descobrir o porquê em breve — informa ele, com um ar de mistério.

E, para minha tristeza, acrescenta:

— Vamos, vou te levar de volta. Meu tempo aqui com você terminou.

Um Esbarrão Revelador

De volta ao meu local rotineiro, me questiono se aquelas informações podem me ajudar de alguma forma no meu propósito atual. Nada me vem à mente. Então decido dar um tempo e não fazer nada. Estava tão ansioso para sair dali que trabalhava exaustivamente. E, se o senhor Capa Preta apareceu, com certeza novos desdobramentos ocorrerão. Vou aguardar.

Começo a caminhar pelo lugar, tentando apenas observar, sem tocar em nenhuma alma, o que é bem difícil. Mas vou desviando de uma ou outra que tentam cruzar meu caminho. Eu conheço aquele cemitério de almas de olhos fechados. Cada cantinho. Tudo registrado em mim. Conto as horas para transcender esse episódio presente em minha jornada. Estou inquieto para viver algo novo e menos denso.

Em meio aos meus pensamentos, sem prestar atenção, esbarro em uma alma que me fez arrepiar de imediato. Olho para ver se a conhecia e me deparo com uma postura dominante.

Ora... Era tão óbvio, como eu nunca tinha imaginado?, me questiono, atordoado.

O esbarrão tinha sido no homem que eu amei e odiei ao mesmo tempo, o homem que me deu a vida; eu estou ao lado do meu pai. Dentro de mim provo tudo naquele instante: medo, ira, revolta, mágoas. Como uma granada, tudo explode repentinamente com aquele esbarrão. Aparentemente ele não me reconhece. Fico paralisado. Ele, como de costume, ranzinza, segue esbravejando.

— Não olha para onde anda, moleque? — diz ele, sem olhar para trás.

Ele não me reconhece. Isso é bom ou é ruim?, me questiono. A verdade é que eu não sei.

Demoro para ter reação. Será que ele chegou há pouco ou esteve aqui todo esse tempo? Só agora nos cruzamos, ou nos cruzamos antes e não nos reconhecemos? As explicações sobre a assinatura energética tinham a ver com isso? O senhor Capa Preta sabia e eu precisava falar com ele, mas como?

Depois de uma quantidade infinita de questionamentos borbulhando em mim, saio do lugar no qual fiquei imóvel. Penso em um lugar onde eu possa me esconder. Me sinto um menino acuado. Que maluco. Por que isso agora? Parece um pesadelo. Não quero ter que encará-lo ou encontrá-lo novamente. Me sinto ameaçado, ao mesmo tempo que gostaria de abraçá-lo. Sentimentos tão antagônicos imperam nesta relação.

Me dirijo para um setor mais isolado na direção oposta à que ele seguiu. Me encosto em uma parede. Desejo me fundir a ela, como me fundi um dia a uma rocha. Quero me tornar invisível. Será que é possível?

Acho que estou delirando. É óbvio que não é possível me tornar invisível. Estou a tanto tempo aqui, eu nunca considerei essa possibilidade. Será que ele sabe que eu morri? Nunca tinha pensado nisso. Eu morri dez anos depois que ele. É, talvez seja isso, ele não sabe que eu morri, por isso não me reconheceu.

Mas tem tanto tempo... Se fosse para encontrá-lo, por que não o encontrei antes? Vivi tanta coisa desde a minha morte. Estará o destino me pregando uma peça? Nem morto consigo me livrar dos meus fantasmas.

Passo muito tempo ali encostado àquela parede. Estou atento a tudo que ocorre à minha frente. Me assusta pensar na possibilidade de ele me ver. Sempre me considerou um fraco, imagina se me vir ali, em meio àquele mar de almas desassossegadas, coagido, grudado a uma parede? Seria um verdadeiro desastre.

Síndrome de Peter Pan

Eu não tinha a mínima condição de meditar, mas eu precisava de ajuda. Essa era a única certeza que eu tinha, além de acreditar que estava passando por uma prova de fogo. Então, em meio ao meu caos, tive uma ideia. Fiquei de frente para a parede, de costas para local. Assim, comecei a verbalizar baixinho o meu pedido:

— Senhor Capa Preta, apareça. Apareça, senhor Capa Preta. Eu não sei o que fazer, preciso de ajuda. Apareça, por favor.

Repeti centenas de vezes. Estava prestes a parar quando ele apareceu dentro da parede, de frente para mim. Como ele fazia aquilo, eu não tinha a menor ideia. Mas, para mim, era o que menos importava naquele momento. Eu tinha outras prioridades. Iria focar nelas.

— Senhor Capa Preta, muito obrigado, eu preciso muito falar com você. Ele está aqui, eu o vi. Eu não sei o que fazer — digo, nervoso.

— Eu sei — diz ele.

— Eu imaginei que você soubesse pela nossa última conversa. Mas o que eu faço? — pergunto, desnorteado.

— Sinto em lhe dizer, mas a verdade é que a única maneira de transcender a realidade em que está agora é trabalhando com ele. A força de apenas um não é suficiente para sair daqui. Precisarão unir forças para cocriar o novo.

— Socorro — digo, desacorçoado. Saiu sem eu pensar, foi totalmente espontâneo.

— Escute bem — continua ele. — Não estou dizendo que precisa amá-lo ou que precisam ser amigos. Isso seria hipocrisia. O que precisam é trabalhar juntos. Neutralizar em si mesmos os pesos que carregam com relação um ao outro.

— Não é possível! Deve existir outra maneira. Aprendi que existem infinitas possibilidades, formas de vidas, existências. — Lanço tudo aquilo em uma tentativa desesperada de ouvir algo diferente do que a que me recuso a aceitar.

— É simples. Esse é o preço para ambos se libertarem.

— Não, senhor Capa Preta, não é verdade. Me tire daqui, eu suplico.

E sem mais nem menos ele simplesmente desaparece.

Eu me sinto completamente abandonado. Eu sinto dó de mim. Choro em silêncio, e vou sendo consumido pelo medo que cresceu e tomou conta do meu ser. Em meio ao desespero, tenho uma ideia. Se funcionou com o senhor Capa Preta, pode funcionar com a senhora Nevoeiro, certo? E, dessa forma, começo a pensar nela e a chamá-la.

Dessa vez é mais rápido, a impressão que tenho é que ela sabia que eu iria chamá-la e estava apenas me aguardando. Sinto a névoa me envolvendo de baixo para cima. Relaxo por segundos, depois de todo aquele tempo em estado de tensão absoluta.

— Você está sendo infantil — sinto ela dizendo. — O que acha que ele vai fazer? Te bater? Te amaldiçoar? Praguejar? — diz ela em um tom irritado, como quem está de saco cheio.

— Ora... Olha onde vocês estão, ambos nesse buraco negro repleto de almas doentes. O seu medo não tem nada a ver com ele, tem a ver com a sua insegurança, com a insegurança presente no seu espírito. Estar em contato com ele vai ajudar a ressignificar isso em você.

E sem permitir que eu me pronuncie, ela prossegue:

— É hora de sair da criança e estar no adulto. Se não agora, quando?

A pergunta ecoa em mim por um tempo aparentemente infinito. E, antes de ela me deixar, me nocauteia com luva de pelica.

— De quanto tempo você ainda precisa para crescer e amadurecer?

O grito da libertação

Estou sem rumo. As conversas mexeram profundamente comigo. Eles colocaram o dedo na minha ferida e acionaram meu ego. Doeu. Na verdade, está doendo. Estou dividido; de um lado existe a pena, do outro a raiva. Estou em uma batalha alimentada por mim próprio. Partes minhas se digladiam. É duro enxergar o que eu desejava que permanecesse oculto.

A minha dificuldade de assumir responsabilidades, de assumir a autonomia dentro da minha própria existência. Até eles estão de saco cheio da minha criancice, ficou claro no último encontro. E, se tudo se resume a uma grande teia, eles devem estar cansados de tecer fios para sustentar a minha tolice. Está na hora de eu tecer os meus próprios fios.

Eu tive mais do que o suficiente para crescer. Nem eu me aguento mais.

E solto um grito tão alto quanto foi possível.

— AAAAAAAAAAAAAAAAAAAAAAAAAAAAA!

O grito ecoa por todo aquele lugar. Naquele momento, sinto aquela multidão direcionando a atenção para mim. É a primeira vez que o silêncio reina ali. Então, aproveito antes que voltem a gemer, se lamuriar ou brigar entre si, tomo coragem e continuo.

— Escutem todos — digo eu o mais alto que posso; eu desejo ser ouvido até os confins da terra. — Eu estou procurando o meu pai. Ao dizer aquilo, ouço um riso de deboche coletivo que pareceu durar uma eternidade.

Eu fico enfurecido. Não irei permitir que zombem de mim. Então prossigo. Grito alto e forte.

— PAAAAAAAAAAAAAI! Eu vi você aqui. Você não sabe que eu morri, mas eu também estou aqui. Sei que me ouve, por favor, venha até mim.

Ao terminar, me sinto totalmente exausto. Aquela multidão me drena por completo. No entanto, é impagável o meu sentimento de fazer o que adultos fazem: resolvem seus problemas. Não que meu problema esteja resolvido. Encontrar meu pai é apenas o primeiro passo. Eu desconheço o que virá em seguida. Teremos que descobrir juntos de que forma poderemos atuar para deixar este poço fétido.

Juntos somos mais

O tempo passava, minhas esperanças diminuíam. Eu andava entre aquelas almas e não o encontrava, o que me gerava sentimentos dúbios. Às vezes pensava em desistir e me juntar àquele murmúrio sem fim, e outras, encontrá-lo era uma fixação.

Percorria todos os caminhos, visitava cada canto. Que aflição. Como é difícil ser adulto! Mal comecei e as coisas já não estão saindo como planejado. Que sorte a minha! Ao terminar de dizer, sinto algo me tocando, me viro, mal posso acreditar, é ele. Meu pai está diante de mim.

— Papai — solto impulsivamente, e meio sem graça depois de perceber o entusiasmo na minha fala.

— Filho — diz ele.

— Finalmente! Eu procurei tanto pelo senhor! — digo afoito.

— Eu também estava à sua procura. Deu para ouvir o seu grito de longe — ele acrescenta.

— Ah... o senhor ouviu? — pergunto, sem saber se seria julgado ou não.

— Ouvi, mas tive uns imprevistos pelo caminho, por isso cheguei somente agora — responde ele.

Um encontro no qual eu não sei como agir. Por mais que nos últimos tempos eu tivesse desejado, eu carrego histórias antigas comigo. É difícil.

— Anda, vamos logo, não temos tempo a perder. Estou há muito tempo esperando — diz ele, me surpreendendo com aquela fala. Na verdade, ele voltando a ser quem eu conhecia: direto ao ponto.

— Vamos... — respondo, confuso, sem fazer ideia de para onde iríamos.

— Temos muito trabalho a fazer. Quero sair logo daqui — acrescenta.

Eu nunca imaginei que seria assim. Perdi tempo e energia imaginando coisas tão distintas, mirabolantes e conflituosas. Ele está aqui, agindo como se tivesse me visto ontem, tendo um comportamento frio e aparentemente desprovido de culpas. Como se estivesse tudo certo entre nós. Estou surpreso. Bom, pelo menos temos algo em comum. O desejo de deixar este lugar.

O REVELAR

— *F*oi-lhe dito que um dos desafios aqui é fazer o encaminhamento de partes que são nossas também, certo? — diz ele.
— Sim — respondo.
— E está sabendo que teremos que trabalhar juntos para deixar esse inferno, né?
— Sim — confirmo.
— Muito bem. Então vamos começar. Vou te explicar como iremos proceder — diz ele com um ar de formalidade. E continua: — Vamos começar pelas minhas partes.
— Espera aí, por que pelas suas e não pelas minhas? — digo reativo.
— Porque aqui se respeita a hierarquia, e como somos pai e filho, pais são maiores perante os filhos, portanto iremos começar pelas minhas partes, depois cuidaremos das suas.

Eu não gosto disso. Me sinto usado. Isso não está cheirando bem, penso. Esse homem vai me usar. Depois que encaminharmos as partes dele, ele vai me abandonar aqui à minha própria sorte. Não sei se confio nele.

— Anda, temos um caminho longo — diz ele enquanto anda.

Eu, mesmo contrariado, decido segui-lo. No caminho ele vai falando. Parece ter conhecimento com relação ao que está explicando. Eu estou admirado, ele raramente falava em vida. Era um ser silencioso. Nem dá para dizer que era a mesma pessoa que tive como pai.

— Você nunca conversou comigo — digo em um ato impulsivo.

Ele permanece em silêncio. A atitude dele me gera profunda raiva. Como resultado, eu estouro.

— Eu estou falando com você — eu digo em um tom elevado, que na verdade sai quase como uma súplica, pedindo, por favor, que ele me enxergue.

Ele para. Olha diretamente para mim e diz:

— Eu não sabia como fazer isso, filho.

Aquela resposta me derruba. Eu nunca tinha me colocado no lugar dele.

— Lá, naquele tempo — diz ele —, eu não posso fazer mais nada por você. Mas aqui, em alguma medida, pode ser diferente.

— Eu só queria ser acolhido por você — digo, fragilizado.

— Eu também — responde ele. — Tudo o que eu queria era me sentir acolhido em vida. No entanto, precisei morrer para compreender que não era sobre os outros me acolherem, era sobre o preenchimento dos meus vazios por mim mesmo.

Agora sou eu quem fico emudecido. As palavras se perdem dentro de mim.

Seguimos em silêncio. Atravessamos passagens que eu desconhecia. Um cenário ainda mais denso. Fico com medo. Mas é perceptível: ele sabe aonde está indo. Apesar do medo, não hesito em segui-lo.

— Chegamos, é aqui — informa ele.

Olho ao redor. Estou tentando compreender. Ele prossegue:

— Tem um fractal em cima de nós, está aderido à parede. É bastante teimoso. Fiz várias tentativas, sozinho não consegui. Por isso, precisei aguardar você. Vamos trabalhar juntos. Preciso que se concentre, entre em estado meditativo. Vá até ele, faça o contato, adentre suas entranhas e as memórias dele irão te inundar. Com isso você está familiarizado, fez inúmeras vezes.

"Independentemente das memórias que receber, mantenha-se focado. É preciso que seu padrão vibracional esteja o mais elevado possível. Eu estarei de fora, o fato de não entrar no campo dele me possibilitará sustentar um gradiente maior de energia. E, dessa forma, veremos se é possível liberá-lo para que siga o caminho dele dentro das possibilidades que ele construiu."

— Espera! Isso quer dizer que ele pode ser encaminhado para um lugar pior que esse? — pergunto, assustado.

— Isso quer dizer que ele vai para onde ele tem que ir, independentemente da minha vontade ou da sua. Esse trabalho não se trata do que queremos, trata-se do processo histórico de cada fractal. Nós apenas sustentamos energia para que outras equipes possam fazer o trabalho delas em outros planos. Há muito mais consciências envolvidas no processo do que você imagina — responde ele com um ar de pesar. — Está pronto?

Não sei se estou, mas respondo que sim.

— Muito bem, então vamos acabar com isso logo — diz ele, parecendo ansioso.

Eu me direciono até a direção apontada pelo meu pai. Nesse momento, em um ato instintivo, penso na senhora Nevoeiro e no senhor Capa Preta. Sinto que assim, me conectando com eles em pensamento, eu me torno mais forte para realizar o que me foi ordenado. Unindo forças para lidar com o que virá.

Faço um gesto afirmativo para meu pai, que aguarda eu me posicionar. E em seguida, atravesso aquele fractal.

Estranho! Geralmente sou invadido por um conjunto de sensações e sentimentos que me bombardeiam quase instantaneamente, aqui não senti isso, penso em voz alta. Meu pai chama minha atenção. Entendo que é para eu permanecer em silêncio, focado. Faço um gesto afirmativo para que ele saiba que entendi.

Volto a me concentrar. Elevo meus pensamentos e minha vibração. Me percebo em comunhão com o cosmos. Percebo seu Capa Preta e a senhora Nevoeiro se aproximarem. Vejo mais ao longe, sempre discreto, o Centurião Centauri. Fico feliz ao vê-los. Agradeço internamente a presença dos três. Agora não somos apenas eu e meu pai, somos cinco. Todos orientados em um mesmo propósito. Isso me deixa mais confiante.

Então, começo a compreender que a falta de sentimentos e emoções naquela alma também representa algo. Talvez aquele ser estivesse preenchido por muitos vazios ou quem sabe congelado. Me dar conta disso me comove. Instantes depois, reconheço que me comover não vai contribuir com o processo. Volto a me focar no propósito. Tenho que manter o padrão vibracional elevado. Devo me manter conectado, penso eu.

De repente, uma cena invade minha tela mental. Um homem sentado em uma mesa contando dinheiro, e uma criança ao seu redor tentando chamar sua atenção. Vejo a criança, chamando-o.

— Papai, eu posso brincar? — pergunta aquele menino.

— Ora... não me atrapalhe. Vá falar com sua mãe — diz o pai, sem olhar para o filho.

A criança persiste:

— Papai, o que o senhor está fazendo?

— Trabalhando, não está vendo? — responde o pai de forma ríspida, ainda com o olhar focado no dinheiro.

— Papai, eu posso te ajudar? — a criança é insistente.

— É claro que não! Saia daqui, já disse que está me atrapalhando. Vá brincar com seus irmãos — responde o pai em tom irritado.

E a criança abaixa o seu olhar, enquanto seu coração se comprime. Ela sai cabisbaixa dali.

Essa é a cena. Vejo cada detalhe. Sinto cada emoção. Percebo os tons das vozes. Sou invadido tanto pelo sentimento do pai de frieza e dureza, quanto do filho em sua invisibilidade perante o seu pai, além de não se sentir aceito ou amado.

Outras cenas se apresentam em seguida. Vi-o caminhando por uma estrada coberta por neve, a criança descalça, naquele chão gelado, carregava uma sacola na mão, estava voltando da escola, cabisbaixo, triste. Vejo-o chegando em casa, o carro do pai estacionado na garagem. Aquele menino sentia ódio, só não conseguia definir se era do carro ou do pai. A emoção envolvida nas cenas foi me preenchendo com forte sentimento de empatia. Como eu compartilhava sentimentos tão profundos com aquele garoto?

Agora vejo o menino mais crescido, podia notar o sentimento de revolta em seu olhar. Uma cena muito forte dele tendo que proteger a mãe da violência do pai. Ele já era um adolescente. Como essa cena, teve várias outras vezes. Inclusive do filho vendo o pai com a amante.

À medida que as cenas se desdobravam em mim e o menino crescia, eu percebia algo familiar; os traços, o jeito, o semblante. Eu tinha a impressão de ser alguém conhecido. A feição dele era parecida com a de alguém próximo. Eu forçava a mente para tentar reconhecê-lo.

Agora o vejo em um internato, colégio de padres. Quantos abusos acontecem ali. Quanta hipocrisia preenche aqueles muros altos. Ele observa em silêncio o que acontece ao seu redor. Desejoso de que aqueles anos se apaguem de sua memória com o passar do tempo.

O adolescente terminou a escola, se tornou adulto. Foi um alívio deixar aquele lugar. Estava na idade de trabalhar, e, mesmo o pai sendo o dono de uma madeireira, recusou emprego ao filho.

— Aqui não tem lugar para você! — foi o que o filho ouviu do pai.

Dessa forma, o adulto foi aos poucos construindo a própria vida bem distante dos pais, física e emocionalmente. Eu, mesmo sem entender completamente, estava comovido. Eu me sentia mal ao acompanhar tudo aqui. Mesmo ele tendo irmãos, viveu como se fosse sozinho a maior parte da vida. Quanta solidão carregou! Mas eu estava ali, fazendo o possível para manter o padrão vibracional e finalizar aquela história encaminhando aquele fractal.

Em seguida, vejo uma igreja, ela é pequena, está em um campo. Vejo uma casa na frente da igreja. Pessoas bem-vestidas. A igrejinha está cheia. Pela elegância das pessoas, suponho que seja um casamento.

Não demora muito, constato que estou correto. Vejo de longe a noiva saindo de dentro da casa e atravessando a rua, caminhando em direção a igreja. Ela está acompanhada.

Vovô! O que o meu vô está fazendo ali?, me questiono confuso.

Espera... aquela noiva é a minha mãe?! MÃE! Eita... por que eu estou vendo minha mãe de noiva? Não pode ser. O que será que está acontecendo? Estou intrigado.

A cena acompanha a noiva, que entra na igreja. Aquele é o meu pai no altar? Como assim? Por que eu estou vendo o casamento dos meus pais? Não estou entendendo. A cena segue passando em minha tela mental. Os músicos tocando seus instrumentos. O padre dá as boas-vindas.

Minha mãe chega no altar, meu avô a entrega para meu pai. Vejo minha *nonna* ao lado do meu pai, ele está emocionado e parece nervoso. Paralelo à cena do casamento, eu via aquele homem, o pai do menino, da história anterior, carregando malas e encontrando uma mulher. Ele estava se mudando de casa; entrava na casa da mulher. Aquela mulher que o menino viu o pai traindo a mãe.

Eu não estou entendendo nada. Fico confuso. As cenas ocorrem simultaneamente agora. O pai do menino está abandonando a família. É isso? Não compreendo. Ele foi morar com a amante? Será isso? Mas o que isso tem a ver com o casamento dos meus pais? Por que as cenas se interpõem? O casamento e o pai da criança indo embora?

Então, ouço:

— Porque aconteceram no exato momento.

— Como? — pergunto perplexo. — Para tudo! — digo impulsivamente. E naquele momento tenho um clarão de consciência. Eu estou acessando memórias do meu pai? O menino, a criança que vi é o meu pai? E não vi meu *nonno* na igreja, ao lado da minha *nonna*, porque ele que está indo morar com a amante no dia do casamento dos meus pais?

Então, é isso? Não pode ser! Valha-me Deus! Quanto sofrimento! Fico estarrecido. Quer dizer que o fractal ao qual estou conectado nesse momento é o meu *nonno*? Ao me dar conta de tudo aquilo, me sinto desconcertado. Uma tonelada recai sobre mim. Estou em choque. Sem reação. Paralisado. A cena segue. O casamento acontece. Eu não consigo mais prestar atenção. Travo no momento no qual faço a constatação:

— Caramba! Como não me dei conta? O tempo todo era o meu pai!

Eu fico perplexo. Uma onda forte de culpa e remorso recai sobre mim, sobre a minha ignorância. Eu o julguei a vida inteira! Como pude? Somente agora tudo faz sentido.

Como não percebi antes? Eu nunca tinha visto foto do meu pai criança, nem adolescente. Eu não tinha referências físicas para reconhecê-lo de imediato. Um forte enjoo me atravessa. Fico atordoado. É assolador descobrir a verdade por trás daquele encaminhamento em que, mesmo diante da revelação, as imagens não param de me atravessar. Algo simplesmente inacreditável.

Verdades que curam

Era óbvio que eu não tinha estrutura emocional nem psicológica para manter meu padrão vibracional elevado depois de verdade revelada. Mas eu não estava sozinho. E as presenças do Centurião Centauri, do senhor Capa Preta e da senhora Nevoeiro foram determinantes para meu corpo não fugir assustado de forma abrupta daquele processo, como um mecanismo de autodefesa e de autopreservação, diante de toda dor, desalento e solidão compartilhados. Sem dúvidas, eu precisava estar amparado. E era isso que eles faziam ali.

Passado o choque, vou voltando pouco a pouco. Dirijo o olhar para meu pai. Pelo visto ele estava aguardando-me recompor. Atento ao que se passa comigo, ele pergunta:

— Podemos continuar?

Como assim, continuar?, penso. O que mais eu teria que ver? Aquilo era mais do que o suficiente.

— Calma — diz ele. — Não tem que ver mais nada — diz como se lesse meus pensamentos. — Mas temos que finalizar o processo de encaminhamento do seu *nonno*. É por isso que estamos aqui — acrescenta ele.

Eu estava com ranço do meu *nonno*. O meu pai sabe. É claro que ele sabia. Eu não tinha a menor condição de encaminhar aquela alma. Por mim, ele podia passar a eternidade ali. Foi o que pensei de imediato. No entanto, eu não sabia o que me aguardava.

Meu pai mantém o olhar dele em mim. Então, pela primeira vez, eu vejo amor na face dele, mesmo naquele corpo disforme como o meu. O amor estava presente e transbordava. Antes eu não tinha condições de enxergar.

Percebendo o que eu acabava de enxergar nele, ele aproveita e diz:

— Filho, preste atenção, seu *nonno* só reproduziu o que ele recebeu do pai dele. Que repetiu o que recebeu do seu bisavô, e o seu bisavô copiou o que fez o seu tataravô, e assim sucessivamente, em muitas outras gerações passadas. E esse ciclo precisa ser quebrado. Seu *nonno*, assim como você e eu, foi reprodutor de uma realidade cheia de falta de amor. Nessa situação, não cabe mais o julgamento, apenas o perdão.

"Primeiro," prossegue ele, "o perdão a si mesmo. Depois o perdão a mim, em seguida o perdão a seu *nonno* e todas as demais gerações que vieram antes de nós. Esse é o caminho da verdadeira liberdade, filho. Nós nos fazemos libertos quando libertamos o outro do julgamento que carregamos."

E, dessa forma, ele se cala, deixando aquelas palavras ressoarem em mim como nunca nada havia ressoado antes. Eu não sei o que dizer.

Iluminou

Um clarão se fez em meio às trevas no instante em que eu aceitei. O meu pai tinha razão. As palavras dele me penetraram e com elas carregaram para fora todo o julgamento que eu cultivei em relação a nossa história, em relação aos homens da nossa família. Eu me perdoei e o peso que senti se desfez por completo. Me sentia leve como uma pena.

Quando me dou conta que o meu *nonno* aguarda, me preocupo.

— Papai, temos que finalizar o processo de encaminhamento do *nonno* — digo, afobado.

Ele solta uma risada. Instantaneamente me encho de contentamento. Como é bom vê-lo com leveza também.

— Por que o senhor riu? — pergunto.

— Ora... Você não viu o clarão?

— Sim — respondo.

— Então, era seu *nonno* se despedindo. Finalmente ele está onde ele precisa estar.

— Caramba! — digo surpreso. — E fui preenchido por uma sensação de alívio imensurável, se espalhando por todo meu ser.

— Estou com uma sensação de tarefa cumprida — digo a ele.

— Sim, missão cumprida! Estou orgulhoso de você — diz ele.

E, nesse momento, eu não posso não me emocionar. Mesmo em meio àquele cenário denso e sombrio, a plenitude nos abraça.

Novos Horizontes

Eu e meu pai passamos as semanas seguintes trabalhando juntos, encaminhando partes ressonantes. Foi muito importante essa troca com ele. Aprendi muito. No entanto, a relação continuava sendo de poucas palavras, sem trocas afetivas. Ele só falava quando necessário. E eu me sentia envergonhado pela minha limitação e ressentido por tudo que poderia ter sido diferente.

Na maior parte do tempo ele agia como se não houvesse o passado. Era difícil acessá-lo. Mas, ainda assim, em alguma medida, harmonizamos nossos campos. Não posso negar, eu me sentia mais leve a cada dia. Estava ficando fácil o trabalho. Devia ser a prática. Agora, o desejo de sair dali a qualquer custo não me consumia mais. Eu tinha me acostumado e a companhia dele reduzia a solidão.

Os dias passavam sem grandes surpresas. Eu já não me envolvia em brigas. Meu comportamento estava mudando pouco a pouco. Conseguia neutralizar o meu campo das interferências externas com facilidade. O melhor é que, mesmo estando naquele inferno, eu conseguia me sentir em paz na maior parte do tempo. Isso significava muito para mim.

Em um dia comum, para minha surpresa, o senhor Capa Preta apareceu, sem rodeios, como era a forma dele costumeiramente proceder; me informou que o meu período ali estava no fim. Eu iria para outro lugar. A informação me deixou inquieto. Não sabia o que responder.

Quanta ironia, o que desejei ansiosamente, por um tempo que não sei quantificar o quanto, eu simplesmente não queria mais. Logo agora que podia estar com o meu pai, por que ir embora? Era injusto.

Não tive o que fazer. Não se tratava de uma escolha. Descobri que o livre-arbítrio tem grandes limitações. Só me restava aceitar, resistir apenas me traria transtornos extras. Então, fui até o meu pai e o informei. Ele parecia saber que nosso tempo juntos tinha chegado ao fim.

— Os ciclos as vezes são mais curtos do que desejamos — diz ele.

Eu apenas balbucio algo, concordando.

— Outros parecem não ter fim — volta ele a dizer. — Assim funciona isso que chamamos de vida. A imprevisibilidade e a efemeridade são o que a torna tão especial e tão rara. Na maioria das vezes, o nosso controle sobre ela é mínimo. Portanto, cabe a cada um usufruí-la, tendo em mente que nunca se sabe quanto tempo ainda tem.

— Acho que é hora de dizer adeus — digo, emocionado.

— Sim, já é hora — responde ele. — Você fez um excelente trabalho aqui, filho. Estou orgulhoso de você. Você cresceu e amadureceu, por isso é hora de partir. Tem muito para experienciar. Lembre-se sempre: siga buscando.

— Buscando o quê? — pergunto.

— O que nutre a sua alma. Pois você aprendeu uma lição muito importante: que a paz cabe em qualquer lugar.

Ele tem razão. Eu em vida, quando tinha tudo, não tinha paz. Aqui nessa experiência, em meio ao inferno, eu construí a minha paz. Eu estou em paz. Perdi tudo para só então compreender que a minha paz não está no contato com o outro ou nas coisas. Está simplesmente em mim. Um ensinamento simples, cujo aprendizado é áspero. Eu, perdido em meus pensamentos, sou trazido de volta por ele dizendo adeus.

— Até a próxima, filho.
Me pergunto se terá uma próxima vez.
— Até breve — respondo, esperançoso por um provável novo encontro.

E assim nos despedimos, com essa estranha forma de amar. O meu pai seguirá a jornada dele, não sei ao certo o que, nem onde. Sei apenas que é um espírito antigo, que carrega mais questionamentos do que certezas e, dessa maneira, trilha sua jornada.

Acredito que eu ainda tenha que curar muito das minhas carências. Carrego muitas necessidades que não cabem mais. Pelo menos, não tenho tempo para sofrer. Senhora Nevoeiro vem me buscar.

Ela diz que eu tenho aprendido o que é necessário. Eu me questiono se realmente é a hora. Meu coração quer ter mais dessa experiência. Parece que foi tão curta. Ir logo agora que estava começando a me divertir? Isso parece brincadeira de mal gosto.

Se o senhor Capa Preta ouvisse isso, suponho que a resposta dele seria: "Então, meu rapaz, isso mostra que você começou a se divertir tarde demais. Comece mais cedo na próxima vez". E daria uma das suas gargalhadas assustadoras que ecoaria por todo o lugar.

Vejo ao meu lado o Centurião Centauri, que deve estar ansioso para fazer a minha guarda em um outro cenário, bem longe daquelas almas. Minha mudança representa mudança para ele também. Isso o deixa contente.

Eu percebo que ele não quer mais ficar estagnado comigo, ele deseja viver outras experiências. Está cansado de ser babá de gente grande. Eu desejaria o mesmo se fosse ele. Quem sabe agora eu tenha a oportunidade de compreender melhor a nossa ligação.

Dessa forma, partimos. Eu, envolvido pela névoa, e o guardião por sua discrição. Comigo carrego a esperança de novos horizontes tocar e minha história ressignificar, por meio das verdades, que, querendo ou não, me atravessam, possibilitando dessa forma que a luz em minha alma possa se propagar.

Esta obra foi composta em Adobe Garamond Pro 12,5 pt e impressa em papel Pólen 80 g/m² pela gráfica Meta.